U0558742

灵海潮汐

庐隐 著

泰山出版社·济南·

图书在版编目（CIP）数据

灵海潮汐 / 庐隐著. -- 济南 ： 泰山出版社，2024.
7. --（中国近现代名家短篇小说精选）. -- ISBN 978
-7-5519-0854-2

Ⅰ．I246.7

中国国家版本馆CIP数据核字第2024ZE4129号

LINGHAI CHAOXI

灵海潮汐

责任编辑　池　骋　刘紫藤
装帧设计　路渊源

出版发行　泰山出版社
　　　社　　址　济南市泺源大街2号　邮编　250014
　　　电　话　综 合 部（0531）82023579　82022566
　　　　　　　出版业务部（0531）82025510　82020455
　　　网　　址　www.tscbs.com
　　　电子信箱　tscbs@sohu.com
印　　刷　山东通达印刷有限公司
成品尺寸　140 mm×210 mm　32开
印　　张　5.25
字　　数　105千字
版　　次　2024年7月第1版
印　　次　2024年7月第1次印刷
标准书号　ISBN 978-7-5519-0854-2
定　　价　32.00元

凡 例

一、本书收录了作者的经典短篇小说，主要展现了作者的思想情感、审美取向与价值观念，以及当时的时代风貌等。

二、将作品改为简体横排，以适应当代的阅读习惯。原文存在标点不明、段落不分等不便于阅读之处，编者酌情予以调整。

三、作品尽量依照原作，以保持原作风格及其时代韵味，同时根据需要，对原文进行了适当的删减和订正。

四、对有些当时惯用的文字，如"的""地""得""作""做""哪""那""化钱""记帐"等，仍多遵照旧用。

目　录

父 亲

　　这几天正是秋雨连绵的时候，虽然院子里的绿苔，蓦然增了不少秀韵，但我们隔着窗子向外看时，只觉那深愁凝结的天容，低得仿佛将压住我们的眉梢了。逸哥两手交叉胸前，闭目坐在靠窗子的皮椅上。他的朋友绍雅手里拿着一本小说，默然的看着。四境都十分沉寂，只间杂一两声风吹翠竹，飒飒的发响。我虽然是站在窗前，看那挟着无限神秘的雨点，滋润那干枯的人间，和人间的一切，便是我所最爱的红玫瑰——已经憔悴的叶儿，这时也似含着绿色，向我嫣然展笑；但是我的禁不起挑拨的心，已被无言的悲哀的四境，牵起无限的怅惘。

　　逸哥忽然睁开似睡非睡的倦眼，用含糊的声调说道："我们作什么消遣呵？……"绍雅这时放下手里的小说，伸了伸懒腰，带着滑稽的声调道："谁都不许睡觉，好好

的天，都让你睡昏暗了！"说着拿一根纸作的捻子，往逸哥的鼻孔里戳。逸哥触痒打了两个喷嚏，我们由不得大笑。这时我们觉得热闹些，精神也就振作不少。

绍雅把棋盘搬了出来，打算下一盘围棋，逸哥反对说："不好！不好！下棋太静了，而且两个人下须有一个人闲着，那末我又要睡着了！"绍雅听了，沉思道："那末怎么办呢？……对了！你们愿意听故事，我把这本小说念给你们听，很有意思的。"我们都赞同他的提议，于是都聚拢在一张小圆桌的四围椅上坐下。桌上那壶喷芬吐雾的玫瑰茶，已预备好了。我用一只白玉般的磁杯，倾了一杯，放在绍雅的面前。他端起喝了，于是我们谁都不说话，只凝神听他念。他把书打开，用洪亮而带滑稽的声调念了。

九月十五日

真的！她是一个很有才情的女子，虽然她到我们家已经十年了，但我今天才真认识她——认识她的魂灵的园地——我今年二十五岁了。我曾三次想作日记，但我总觉得我的生活太单调，没有什么可记的；但今天我到底用我那浅红色的小本子，开始记我的日记了。我的许多朋友，他们记日记总要等到每年的元旦，以为那是万事开始的时候。这在他们觉得是很有意义的，而我却等不得，况且今天是我新发见她的一切的纪元！

但是我将怎样写呢？今天的天气算是清明极了，细微的尘沙，不曾从窗户上玻璃缝里吹进来，也不曾听见院子里的梧桐喳喳私语。门窗上葡萄叶的影子，只静静的卧在那里，仿佛玻璃上固有的花纹般。开残的桂花，那黄花瓣，依旧半连半断，满缀枝上。真是好天气呵！

哦！我还忘了，最好看是廊前那个翠羽的鹦鹉，映着玫瑰儿的朝旭，放出灿烂的光来。天空是蔚蓝得像透明的蓝宝石般，只近太阳的左右，微微泛些淡红色色彩。

我披着一件日本式的薄绒睡衣，拖着拖鞋，头上的短发，覆着眼眉，有时竟遮住我的视线了。但我很懒，不愿意用梳子梳上去，只借重我的手指，把它往上掠一掠。这时我正看泰戈尔《破舟》的小说，"哈美利林在屋左的平台上，晒她金丝般的柔发。……"我的额发又垂下来了，我将手向上一掠，头不由得也向上一抬。呵！真美丽呵！她正对着镜子梳妆了。她今年只有二十七八岁，但她披散着又长又黑的头发时，那媚妙的态度，真

只像十七八岁的人——这或者有人要讥笑我主观的色彩太重，但我的良心决不责备我，对我自己太不忠实呢！

"我是个世界上最野心的男子，"在平时我绝不承认这句话，但这一瞬间，我的心实在收不回来了。我手上的书，除非好管闲事的风姨替我掀开一页，或者两页，我是永远不想掀的；但我这时实在忙极了，我两只眼，只够看她图画般的画庞——这我比得太拙了，她的面庞，绝不像图画上那种呆板，她的两颊像早晨的淡霞，她的双睛像七巧星里最亮的那两颗，她的两道眉，有人说像天上的眉月，有的说像窗前的柳叶，这个我都不加品评，总之很细很弯，而且——咳！我拙极了，不要形容吧！只要你们肯闭住眼，想你们最爱的人的眉，是怎样使你看了舒服，你就那么比拟她好了，因为我看着是极舒服，这么一来，谁都可以满意了。

我写了半天，她到底是谁呢？咳！我仿佛有些忸怩了。按理说，我不应当爱她，但这个理是谁定下的？为什么上帝给我这副眼睛，偏看上她呢？其实她是父亲的妻，不就是我的母亲吗？你儿子爱母亲也是很正当的事呵！哼！若果有人这样批评我，我无论如何，不能感激说他是对我有好意，甚至于说他不了解我，我的母亲——生我的母亲——早已回到她的天国去了。我爱她的那一缕热情，早已被她带走了。我怎么能当她是我的母亲呢？她不过比我大两岁，怎么能作我的母亲呢？这真是笑话！

可笑那老头子，已经四十多岁了，头上除了白银丝的头毛外，或者还能找出三根五根纯黑的头毛吧！但是半黄半白的却还不少。可是他不像别的男人，他从不留胡须的，这或者可以使他变年轻许多，但那额上和眼角堆满的皱纹，除非用淡黄色的粉，把那皱纹深沟填满以外，是无法可以遮盖的呵！其实他已经作了人的父亲，再过了一两年，或者将要作祖父了。这种样子，本来是很正当的，只是他站在她的旁边，作她丈夫，那真不免要惹起人们的误会了，或者人们要认错他是她的父亲呢？

真煞风景，他居然搂着她细而柔的腰，接吻了。我真替她可惜，不只如此，我真感到不可忍的悲抑，也许是愤怒吧，不然我的心为什么如狂浪般澎湃起来呢。真奇怪，我的两颊真像被火焚烧般发起热来了。

我真不愿意再往下看了。我收起我的书来，我决定回到我的书房去，但当我站起身来的时候仿佛觉得她对我望了一眼，并且眼角立刻涌出两点珍珠般的眼泪来。

奇怪，我也由不得心酸了。别人或者觉得我太女人气，看人家落泪，便不能禁止自己，但我问心，我从来不轻易落没有意思的眼泪。谁知道她的身世，谁能不为她痛哭呢？

这老头子最喜欢说大话。为诚——他是我异母的兄弟——那孩子也太狡猾了，在父亲面前他是百依百顺的，从来不曾回过一句嘴。父亲常夸他比我听话得多。这也不怪父亲的傻，因为人类本喜欢受人奉承呵！

昨天父亲告诉我们，他和田总长很要好，约他一同吃饭。这些话，我们早已听惯了：有也罢，没有也罢，我向来是听过去就完了。为诚他偏喜欢抓他的短处，当父亲才一回头，他就对我们作怪脸，表示不相信的意思。后来父亲出去了，他把屋门关上，悄悄地对我们说："父亲说的全是瞎话，专拿来骗人的；直像一只纸老虎，戳破了，便什么都完了。"

平心而论，为诚那孩子，固然不应当背后说人坏话，但父亲所作的事，也有许多值得被议论的。

不用说别的，只是对于她——我现在的庶母的手段，也太利害了。人家本是好人家的孩子，父母只生这一个孩子。父亲骗人家家里没有妻，愿意赘入她家。

老实说，我父亲相貌本不坏，前十年时他实在看不出是三十二岁的人，只像二十六七岁的少年。她那时也有十七八岁。自然啰，父亲告诉人家只二十五岁，并且假装很有才干和身分的样子。一个商人懂得什么，他只希望女儿嫁一个有才有貌，而且是作官人家的子弟，便完了他们的心愿。

那时候我们都在我们的老家住着——我们的老家在贵州。那时我已经十四五岁了，只跟我继母和弟弟祖父住在老家。那时家里的日子很艰难，祖父又老了，只靠着几亩田地过日子。我父亲便独自到北京、保定一带地方找些事作。

这个机会真巧极了，庶母——咳！我真不愿称她为庶母，我到现在还不曾叫过她一次——虽然我到这里不过一个月，日子是很短的，自然没有机会和她多说话，便是说话也不见得就要很明显的称呼，我只是用一种极巧妙哼哈的语赘，掩饰过去了。

所以在这本日记里，我只称她吧！免得我的心痛。她的父亲由一个朋友的介绍，认识了我的父亲，不久便赏识了我的父亲，把唯一的娇女嫁给他了。

真是幸运轮到人们的时候，真有不可思议的机会和

巧遇。我父亲自从娶了她，不但得了一个极美妙的妻，同时还得到十几万的财产，什么房子咧，田地咧，牛马咧，仆婢咧。我父亲这时极乐的住在那里，竟七八年不曾回贵州来。不久她的父母全都离开人间的世界，我父亲更见得所了。钱太多了，他种种的欲望，也十分发达，渐渐吸起鸦片烟来——现在这种苍老，多一半还是因吸鸦片烟呢，不然，四十二岁的人，何至于老得这么利害？

说起鸦片烟我这两天也闻惯了。记得我初到这里的那一天，坐在堂屋里，闻嗅到这烟味，立刻觉得房子转动；好像醉于醇醪般，昏昏沉沉竟坐立不住，过了许久时候，烟气才退了。这吗啡真利害呵！

我今天写得太多了，手有些发酸，但是我的思绪仍和连环套似的，扯了一个又一个。夜已经很深，我看见窗幔上射出她的影子，仿佛已在预备安眠了，我也只得放下笔明天再写了。

九月十九日

我又三四天不曾作日记了。我只为她发愁，病了这三四天，听阿妈说眼泪直流了三四天。我不禁起了猜想，她也许并不曾病，不过要痛快流她深蓄的伤心泪，故意不起来，但是她到底为什么伤心呢？父亲欺骗她的事情，被她知道吗？可是我那继母仍旧还在贵州，谁把这秘密告诉她呢？

我继母那老太婆，实在讨厌。其实我早知道她不是我的生母，这话是我姑母告诉我的。并且她的出身很微贱呢！姑母说我父亲十六七岁的时候，就不成器，专喜欢作不正当的事情，什么嫖呵！赌呵！我祖父因为只生这个儿子，所以不舍得教管，不过想早早替他讨个女人，或者可以免了一切的弊病。所以他十七岁就和我的生母结婚，这时他好嫖的性情，还不曾改。我生母时常劝戒他，他因此很憎恶我的生母，时时吵闹。我生母本是很有志气的女孩子，自己嫁了这种没有真情又不成器的丈夫，便觉得一生的希望都完了，不免暗自伤心。不久就生了我，因产后又着了些气恼，从此就得了肺痨，不到三年工夫就长眠了。——唉！女人们因为不能自立，要倚赖丈夫；丈夫又不成器，因此抑郁而死，已经很可怜了；何况我的生母，又是极富于热烈情感的女子，她指望丈夫把心交给她，更指望得美满的家庭乐趣！我父亲一味好嫖，怎能不逼她走那人间的绝路呢！

我母亲死的时候，我还不到三岁呢！才过了我母亲的百日，我父亲就和那暗娟，名叫红玉的结了婚。听我姑母说，那红玉在当时是很有名的美人，但我现在觉得她，只是一个最丑恶的贱女人罢了。她始终强认她是我的生母，诚然，若拿她的年纪论，自然有资格作我的生母；但我当没人在跟前的时候，总悄悄拿着镜子，照了又照，我细心察看，我到底有一点像那个老太婆没有？镜子——总使我失望。我的鼻子直而高，鼻孔较大，而老太婆的鼻子很扁，鼻孔且又很小。我的眼角两梢微向上，而她却两梢下垂。我的嘴唇很厚，而她却薄得像铁片般。简直没有丝毫像的地方。

下午我进去问她的病。她两只秀媚的眼睛，果然带涩，眼皮红肿；当时我真觉得难过，我几乎对着她流下泪来。她见了我叫了一声元哥儿坐吧！我觉得真不舒服，这个名字只是那老太婆和老头叫的，为什么她也这样叫我，莫非她也当我作儿子吗？我没有母亲，固然很希望有人待我和母亲一样，但是她无论如何不能作我的母亲，她只是我心上的爱人……可是我不敢使我这思想逼真了，因为或者要被她觉察，竟怒我不应当起这种念头。但是无效，我明知道她是父亲的，可是父亲真不配，他的鸦片烟气和衰惫的面容，正仿佛一堆稻草，在那上面插一朵娇鲜的玫瑰花，怎么衬呢？

午后父亲回来了，吩咐仆人打扫东院的房子。那所房子本来空着，有许多日子没人住了。院子里的野草，长得密密层层，间杂着一两朵紫色的野花，另有一种新的趣味。我站在门口看阿妈拿着镰刀，刷刷割了一阵，那草儿都东倒西歪的倒下来了。我看着他们收拾，由不得怀疑，这房子，究竟预备给谁住呢？是了，大约是父亲的朋友来了吧！我正自猜想着，已听见父亲隔着窗户喊我呢。因离了这里，忙忙到我父亲面前，只见父亲皱着眉头，气色很可怕，对我看了两眼说："明天贵州有人来，你到车站接去罢！"我由不得问道："是继母来了吧！""不是她还有谁！……出去吧！我要休息了。"

怪不得我父亲这两天的气色，这么难看，原来为了这件事情。他自找的苦恼，谁能替得，只可怜她罢了！那个老太婆人又尖酸刻薄，样子又丑陋，她怎能和她相处得下。为了这件事，我整个下午不曾作事，只是预想将来的结果。

晚上吃饭的时候，她已起来了。我和她一同吃饭，但她只吃两口稀饭，便放下筷子，长叹了一声，走回屋

里去了。我父亲这时也觉得很不安似的。我呢，又替她可怜！又替父亲为难，也不曾吃舒服，胡乱吞了一碗，就放下筷子，回到自己的房里，心里觉得乱得很；最奇怪的，心潮里竟起了两个不同的激流交激着，一方面我只期望贵州的继母不要来，使她依旧恢复从前的活泼和恬静的生活；但一方面我又希望她们来，似乎在这决裂里，我可以得到万一的希望——可是我也有点害怕，我自己是越陷越深；她呢！仿佛并不觉得似的。如果这局势始终不变，真危险，但我情愿埋在玫瑰的荒冢里，不愿如走肉行尸般的活着。

我一夜几乎不曾合眼，当月光照在我墙上一张油画上——一株老松树，蟠曲着直伸到小溪的中间，仿佛架着半截桥似的，溪水碧清，照见那横权上一双青年的恋人，互相偎倚的双影，——这时我更禁不住我的幻想了。幻想如奔马般，放开四蹄，向前飞驰——绝不回顾的飞驰呵！她也和哈美利林般，散开细柔的青丝发，这细发长极了，一直拖到白玉砌成的地上，仿佛飘带似的，随着微风，一根一根如雪般的飘起。我只藏在合欢树的背后，悄悄领略她的美，这是多么可以渴望的事！

九月二十日

天才朦胧，我仿佛听见父亲说话的声音，但听不真切，不知道他究竟和谁说话。不禁我又想到她了；一定在他们两人之间，又起了什么变故，不然我父亲向例不到十二点他是不起来的，晚上非两三点他是不睡的，听说凡吸大烟的人都是如此。——一定的，准是她责备父亲欺骗她没有妻子，现在又来了一个继母，她怎么不恼呵！但她总是失败的，妇女们往往因被男子玩弄，而受屈终身的，差不多全世界都是呢？

午饭的时候，阿妈来报告那边房子都收拾好了。父亲便对我说："火车两点左右可到，你吃完饭就带看门的老张到车站去吧！到那里你继母若问我为什么不来，你就说我有些不舒服好了，别的不用多说吧！"我应着就出来了。

当我回到自己屋里，忽见对面屋里，她正对着窗子凝立呢！呵！我真不知道怎样才好，我不看她那无告凄楚的表示罢！但是不能。我在窗前站了不知多少时候，直到老张进来叫我走，我才急急从架上拿下脸布，胡乱把嘴擦了擦，拿了帽子，匆匆走了。

我这几天心里，一切都换了样。我从前在贵州的时

候，虽听说父亲又娶了一个庶母，但我绝不在意，并不曾在脑子里放过她一分钟。自从上月到了这里，我头一次见她心里就受了奇异的变动；到现在差不多叫她把我的心田全占了。呵！她的魔力真大——唉！罪过！……我或者不应当这么说，这全不是她的错处，只怪我自己被自然支配罢了。

到车站的时候，还差半点钟，车才能到。我同老张买了月台票，叫老张先进去等，我只在候车室里，独自坐着。我的态度很安闲，但思想可忙极了，不知道她现在怎样了。我和她谈话的机会很少；我来了一个半月，只和她对谈过三次；其余都在那吃饭的时候，谈过一两句不相干的话。我们本是家人，而且又是长辈对于晚辈，本来没有避嫌疑这一层；不过她向来不大喜欢说话，而且我们又是第一次见面，她自己觉得，又站在母亲的地位，觉得说话很难，所以我纵然顶喜欢和她谈，也是没有用处呢！……

火车头呜呜的汽笛声，打断我的思路，知道火车已经到了，因急急来到站台里面。这时火车已经停了，许多旅客，都露着到了的喜色，匆匆由车上下来。找了半天，才在二等车上，找到我继母，和我的兄弟。把行李都交代老张，我们一直出了车站，马车已预备好了，我们跳上车后，继母果然问我父亲为什么不来，我就把父亲所交代的话答覆了，继母似乎很不高兴。歇了半晌，忽听她冷笑道："什么有病呵！必定让谁绊住呢！"

女人们的心里，有时候真深屈得可怕。我听了这话，只低着头，默然不语，但是我免不得又为她发愁了，将来的日子怎么过呢？

车子到家的时候，我父亲已经叫阿妈迎了出来，自己随后也跟着出来，但是她呢……我真是放心不下，忙忙走进来，只见她呆坐在窗下的椅子上，两目凝视自己的衣襟。我正在奇怪，忽见她衣襟上，有一件亮晶晶的东西一闪，咳！我真傻啊！她那里是注视衣襟，她正在那里落泪呢！

父亲已将继母领到东院去了。过了许久父亲走过来，不知对她说些什么，只见她站了起来。仿佛我父亲求她什么似的，直对她作揖，大概是叫她去见我继母，她走到里间屋里去了。过了一刻又同我父亲出来，直向东院去。我好奇的心，催促我立刻跟过去，但我走到院子不敢进去，因为只听我继母说："你这不长进的东西，我并不曾对不住你，你一去，就是十年；叫我们在家里苦等，你却在外头，什么小老婆娶着开心。你父亲死了叫你回去，你都不回去。呸！像你们这些没心肝的人，……"继母说到这里竟然放声大哭。我父亲在屋里跺脚。我正想进去劝一劝，忽见门帘一动，她已哭得和泪人般，幽怨不胜的走了出来。我这时由不得跟她到这边来。她到了屋里，也放声呜咽起来，这时我只得叫她庶母了。我说："庶母！你不要自己想不开，悲苦只是糟蹋自己的身体，庶母是明白人，何苦和她一般见识呢！"只听她凄切的叹道："我只怨自己命苦；不幸作了女子！受人欺弄到如此田地——你父亲作事，太没有良心了，他不该葬送我……"咳！我禁不住热泪滚滚流下来了，我正想用一两句恳切的话安慰她，父亲忽然走进来了。他见我在这里，立刻露出极难看的面孔，怒狠狠对我说："谁叫你到这里来！"我只得怏怏走了出来。到了自己屋里，心里又是羞愧自己父亲不正当的行为，又是为她伤感，受我继母的抢白，这些紊乱热烈的情绪，缠搅得我一夜不曾睡觉。

九月二十二日

我父亲也就够苦了，这几天我继母给他的冷讽热嘲，真够他受的了！女人们的嘴利害的很多，她们说出话来，有时候足以挖人的心呢！只是她却正和这个反对，头几天她气恼的时候，虽曾给父亲几句不好听的话；但我从不曾听她和继母般的谩骂呢！

近来家庭里，丝毫的乐趣都没有了。便是那架上的鹦鹉，也感觉到这种不和美的骚扰，不耐烦和人学舌了。我这几天仿佛发见我们家庭的命运，已经是走到很可怕的路上来了，倘若不是为了她，我情愿离开这里呢。

她近来真抑郁得成病了，朝霞般的双颊，仿佛经雨的梨花了，又憔悴又惨淡呢！我真忍不住了。昨晚我父亲正在床上过烟瘾的时候，她独自站在廊下。我得了这个机会，就对她说："你不如请求父亲，自己另搬出来住，免得生许多闲气！"她听了这话，很惊异对我望了一眼，又低下头想了一想，似解似不解的说："你也想到这一层吗？"我当时只唯唯应道："是。"她就也转身进屋里去了。

照她的语气，她已经是想到这一层了。她真聪明，大约她也许明白我很爱她吗？……不！这只是我万一的希望罢了。

为诚今天又在她和我的面前，议论父亲了。他说父亲今天去买烟枪，走到一家商行里，骗人家拿出许多烟枪来；他立时放下脸说："这种禁烟令森严的时候，你们居然敢卖这种货物，咱们到区里走走吧！"他这几句话，就把那商人吓昏了。赶紧把所有的烟枪，恭恭敬敬都送给他了。

这件事不知是真是假；不过我适才的确见父亲抱了一大包的烟枪进来；但不知为诚从什么地方听来。这孩子最爱打听这些事，其实他有些地方，也极下流呢！他喜欢当面奉承人，背后议论人，这多半都是受那老太婆的遗传吧！

我父亲的脾气，真暴戾极了，近来更甚。她自从知道我父亲不正的行为后，她已决心不同他合居了。这几天她另外收拾了一间卧房，总是独自睡着。我这时心里有一种不可思议的安慰。我觉得她已渐渐离开父亲，而向这方面接近了。

九月二十八日

另外一所房子已经找好了，她搬到那边去。父亲忽然叫我到那边和她作伴，呵！这是多么幸运的事呵！

她的脾气很喜欢洁净，正和外表一样。这时她仿佛比前几天快活了；时时和我商量那间屋子怎样布置，什么地方应当放什么东西——这一次搬家的费用，全是她自己的私囊，所以一切东西都很完备。这所房子，一共有十间，一间是她的卧房，卧房里边还有一小套间，是洗脸梳头的地方。一间是堂屋，吃饭就在这里边。堂屋过来有两大间打成一间的，就布置为客厅。其余还有四间厢房。我住在东厢房。西厢房一半女仆住，一半作厨房。靠门还有一间小门房。每间屋子，窗子都是大玻璃的。她买了许多淡青色的罗纱，缝成窗幔，又买了许多美丽的桌毡、椅罩，一天的工夫已把这所房子，收拾得又洁雅又美丽。我的欣悦还不只此呢！我们还买了一架风琴，她顶喜欢弹琴。她小的时候也曾进过学堂，她嫁我父亲的时候，已在中学二年级了。

这一天晚上，因为厨房还不曾布置好，我们从邻近酒馆叫来些菜；吃饭的时候，只有我和她两个人。我不免又起了许多幻想，若果有一个很生的客人，这时来会我们，谁能不暗羡我们的幸福呢？——可恨事实却正和这个相反；她偏偏不是我的妻，而是我的母亲！我免不得要诅咒上帝，为什么这样布置不恰当呢？

晚饭以后，她坐在风琴边，弹了一曲闺怨，声调抑怨深幽，仿佛诉说她心里无限的心曲般。我坐在她旁边，看她那不胜清怨的面容，又听她悲切凄凉的声音，我简直醉了，醉于神秘的恋爱，醉于妙婉的歌声。呵！我不晓得是梦是真，我也不晓得她是母亲还是爱的女神；我闭住眼，仿佛……咳！我写不出来，我只觉不可形容的欣悦和安慰，一齐都尝到了。

　　九点钟的时候，父亲来到这里，看了看各屋子的布置，对她说："现在你一切满意了吧！"她只淡淡的答道："就算满足了吧！"父亲又对我说："那边没有人照应，你兄弟不懂事，我仍须回去，你好好照应这边吧！"呵！这是多么爽快的事。父亲坐了坐，想是又发烟瘾了，连打了几个呵欠，他就站起来走了。我送他到门口，看他坐上车，我才关了门进来。她正在东边墙角上，一张沙发上坐着，见我进来，便叹道："总算有清净日子过了！但细想作人真一点意思没有呢！"我头一次听她对我说这种失望的话。呵！我真觉得难受！——也许是我神经过敏，我仿佛看出她的心，正凄迷着似乎自己是没有着落——我想要对她表同情，这并不是我有意欺骗她，其实我也正是同她一样的无着落呵！我有父亲，但是他不能安慰我深幽的孤凄，也正和她有丈夫，不能使她没有身世之感的一样。

　　我和她默默相对了半晌，我依旧想不出说什么好。我实在踌躇，不知道当否使她知道我真实的爱她，——但没有这种道理，她已经是有夫之妇，并且又是我的长辈，这实是危险的事。我若对她说："我很爱你。"谁知道她眼里将要发出那一种的光——愤怒，或是羞媚，甚而至于发出泪光。恋爱的戏是不能轻易演试的，若果第一次失败了，以后的希望更难期了。

　　不久她似乎倦了，我也就告别，回到我自己的房里去。我睡在被窝里，种种的幻想又追了来。我奇怪极了，当我正想着，她是怎么样可爱的时候，我忽想到死；我仿佛已走近死地了，但是那里绝不是人们想像的那种可怕，有什么小鬼，又是什么阎王，甚至于青面獠牙的判官。

　　我觉死是最和美而神圣的东西。在生的时候，有躯壳的限制，不止这个，还有许多限制心的桎梏，有什么父亲母亲，贫人富人的区别。到了死的国里，我们已都脱了一切的假面具，投在大自然母亲的怀里，什么都是平等的。便是她也可以和我一同卧在紫罗兰的花丛里，说我所愿意说的话。简直说吧！我可以真真切切告诉她，我是怎样的爱她，怎么热烈的爱她，她这时候一定可以把她那无着落的心，从人间的荆棘堆里找了回来，微笑的放在我空虚的灵府里，……便是搂住她——搂得紧紧地，使她的灵和我的灵，交融成一件奇异的真实，腾在最高的云朵，向黑暗的人间，放出醉人的清光。……

十月五日

虽然忧伤可以使人死，但是爱恋更可使人死，仿佛醉人死在酒坛旁边，赌鬼死在牌桌座底下。虽然都是死，可是爱恋的死，醉人的死，赌鬼的死，已经比忧伤的死，要伟大的多了。忧伤的心是紧结的，便是死也要留下不可解的痕迹。至于爱恋的死，他并不觉得他要死，他的心轻松得像天空的云雾般，终于同大气融化了。这是多么自然呵！

我知道我越陷越深；但我绝不因此生一些恐惧，因为我已直觉到爱恋的死的美妙了。今天她替我作了一个淡绿色的电灯罩，她也许是无意，但我坐在这清和的清光底下读我的小说，或者写我的日记，都感到一种不可言说的愉快。

　　午后我同她一起到花厂里，买了许多盆淡绿的、浅紫、水红的、各色的菊花。她最欢喜那两盆绿牡丹，回来她竟亲自把它们种在盆里。我也帮着她浇水，费了两点钟的工夫，才算停当。她叫阿妈把两盆绿的放在客厅里，两盆淡紫的放在我的屋里。她自己屋里，是摆着两盆水红的，其余六盆摆在回廊下。

　　我们今天觉得很高兴，虽然因为种花，蹲在地下腿有些酸，但这不足减少我们的兴味。

　　吃饭的时候，她用剪刀剪下两朵白色的菊花来，用鸡蛋和面粉调在一起，然后用菜油炸了，一瓣一瓣很松脆的，而且发出一阵清香来，又放上许多白糖。我初次吃这碗新鲜的菜，觉得甜美极了，差不多一盆都让我一个人吃完。

　　饭后又吃了一杯玫瑰茶，精神真是爽快极了！我因要求她唱一曲闺怨，她含笑答应了。那声音真柔媚得像流水般，可惜歌词我听不清；我本想请她写出来给我，但怕她太劳了——因为今天她作的事实在不少了。

　　这几天我父亲差不多天天都来一次，但是没有多大工夫就走了。父亲曾叫我白天到继母那边看看，我实在不愿意去；留下她一个人多么寂寞呵！而且我继母那讨

厌的面孔，我实在也不愿意见她呢，可是又不得不稍稍敷衍敷衍她们，明天或者走一趟吧！

十月六日

可笑！我今天十二点钟到那边，父亲还在作梦，继母的头还不曾梳好，院子弄得乱七八糟，为诚早不知道跑到什么地方玩去了。这种家庭连我都处不来，何况她呢？近来我父亲似乎很恨她，因为有一次父亲要在她那里住下，她生气，独自搬到客厅的沙发上，睡了一夜。我父亲气得天还不曾亮，就回那边去了。其实像我父亲那样的人，本应当拒绝他，可是他是最多疑，不要以为是我捣的鬼呢，这倒不能不小心点不要叫她吃亏吧！她已经是可怜、无告的小羊了，再受折磨她怎禁受得起呵！

我好多次想鼓起勇气，对她说："我真实的爱你。"但是总是失败。我有时恨我自己怯弱，用尽方法自己责骂着自己，但是这话才到嘴边，我的心便发起抖来；真是没用，虽然，男子们对于一个女人求爱，本不是太容易的事呵！忍着吧！总有一天达到我的目的。

今天下午有一个朋友来看我，他尖锐的眼光，只在我的身上绕来绕去。这真奇怪，莫非他已有所发见吗？

不！大概不至于，谁不知道她是我父亲的妻呢。许是贼人胆虚吧？我自己这么想着，由不得好笑起来！人们真愚呵！

她这几天似乎有些不舒服，她沉默得使我起疑；但是我问她有病吗？她竭力辩白说："没有的事！"那么是为什么呢？

晚上她更忧抑了，晚饭都不曾吃，只恹恹的睡在沙发上。我不知道怎样安慰她才好。唉！我的脑子真笨；桌上三炮台的烟卷，我已经吸完两枝了；但是脑子依旧发滞，或者是屋里空气不好吧？我走到廊下，天空鱼鳞般的云现着淡蓝的颜色，如弦的新月，正照在庭院里，那几盆菊花，冷清清地站在廊下。一种寂寞的怅惘，更搅乱了我的心田。呵！天空地阔，我仿佛是一团飞絮飘零着，到处寻不到着落；直上太空，可怜我本是怯弱的，那有这种能力；偃卧在美丽的溪流旁边吧，但又离水太近了。我记得儿时曾学过一支曲子："飞絮徜徉东风里，慢夸自由无边际！须向高，莫向低，飞到水面飞不起。"呵！我将怎么办？

她又弹琴了，今天弹的不是闺怨了，这调子很新奇，仿佛是古行军的调子。比闺怨更激昂、更悲凉。我悄悄走到她背后，她仿佛还不觉得，那因她正低声唱着。仿佛是哽着泪的歌喉。最后她竟合上琴，长叹了。当她回头看见我站在那里的时候，她仿佛很吃惊，脸上立刻变了颜色，变成极娇艳的淡红色。我由不得心浪狂激，我几乎说出"我真实的爱你"的话了；但我才预备张开我不灵动的唇的时候，她的颜色又惨白了。到这时候，谁还敢说甚么。她怏怏的对我说："我今天有些不舒服，要早些睡了。"我只得应道："好！早点睡好。"她离了客厅，回她的卧房去，我也回来了。

　　奇异呵！我近来竟简直忘记她是我的庶母了。还不只此，我觉得她还是十七八岁青春的处女呢。——她真是一朵美丽的玫瑰，我纵然因为找她，被刺刺伤了手，便是刺出了血，刺出了心窝里的血，我也绝不皱眉的。我只感谢上帝，助我成功，并且要热诚的祈祷了。

十月十二日

　　今天我们都在客厅看报，——她最喜欢看报上的文艺。今天她看了一篇翻译的小说，是《玫瑰与夜莺》。她似解似不解，要我替她说明这里面的意思。后来她又问我，"西洋人为什么都喜欢红玫瑰？"我就将红玫瑰是象征爱情的话告诉她，并且又说："西洋的青年，若爱一个少女，便要将顶艳丽的红玫瑰送给那少女。"她听完，十分高兴道："这倒有意思！到底她们外国人知道快活，中国人谁享过这种的幸福，只知道女儿大了嫁了就完了；真是一点意思都没有！"

我得到这种好机会，我绝不能再轻易错过了，我因鼓勇对她说："你也喜欢红玫瑰吗？"她怔了一怔含泪道："我现在一切都完了！"

唉！我又没有勇气了！我真是不敢再说下去，倘若她怒了，我怎么办呢！当时我只默默不语；幸亏她似乎已经不想了，依旧拿起报纸来看。

午饭后父亲来了，坐在她的屋子里。我心里真不高兴，这固然是没理由，但我的确觉得她不是父亲的，她的心从来没给过父亲，这是我敢断定的。至于别的什么名义咧！……那本不是她的，父亲纵把得紧紧的也是没用。她是谁的呢？别人或者要说我狂了，诚然我是狂了，狂于爱恋，狂于自我呵！

睡觉前，我忽然想到我如果送她一束红玫瑰，不知道她怒我，还是感激我……，或者也肯爱我？……我想象她抱着我赠她的那束红玫瑰，含笑用她红润的唇吻

着，那我将要发狂了，我的心花将要尽量的开了。这种幸福便是用我的生命来换，我也一点不可惜呢！简直说，只要她说"她爱我"我便立刻死在她的脚下；我也将含着欢欣的笑靥归去呢！

说起来，我真有些惭愧！我竟悄悄学写恋歌。我本没有文学的天才，我从来也不曾试写过。今夜从十点钟写起，直写到十二点，可笑只写两行，一共不到十个字。我有点妒嫉那些诗人，他们要怎么写便怎么写，他们写得真巧妙；女人们读了，真会喜欢得流泪呢！——他们往往因此得到许多胜利。

我恨自己写不出，又妒诗人们写得出，他们不要悄悄地把恋歌送给她吧，倘若他们有了这机会，我一定失败了！……红玫瑰也没用处了！

她的心门似乎已开了一个缝，但只是一个缝，若果再开得大一点，我便可以扁着身体走进去，但是用什么法子，才能使她更开得大一点呢！——我真想入非非了。不过无论如何，到现在还只是幻想呵，谁能证实她也正在爱恋我呢。

在这世界上，我不晓得更有什么东西，能把我心的地盘占据了，像她占据一样充实和坚固。我觉得我和她正是一对，——但是父亲呢，他真是赘疣呵！——我忽然想起，我不能爱她，正是因为父亲的缘故，倘若没有父亲在里头作梗，她一定是我的了。

这个念头的势力真大，我直到睡觉了，我梦里还牢牢记着，她不能爱我，正是因为父亲的缘故。

十月十五日

我一直沉醉着，醉得至于发狂，若果再不容我对她说："我真实的爱你。"或者她竟拒绝我的爱；我只有……只有问她是不是因为父亲的缘故，若果我的猜想不错，那么我只得恳求父亲，把她让给我了。父亲未必爱她，但也未必肯把她让给我，而且在人们听来，是很不好听的呵！世界上那有作儿子的，爱上父亲的妻呢？呵！我究竟是要绝望的呵！……但是她若肯接受我的爱，那倒不是绝对想不出法子呵。……

我早已找到一个顶美的所在，——那所在四面都环着清碧的江水，浪起的时候，激着那孤岛四面的崖石，起一阵白色的飞沫，在金黄色的日光底下，更可以看见钻石般缥碧的光辉。在那孤岛里，只要努力盖两间的小房子，种上些稻子和青菜，我们便可以生存了，——并

且很美满的生存。若再买一只小船，系在孤岛的边上，我们相偎倚着，用极温和的声调，唱出我心里的曲子，便一切都满足了。……

我幻想使我渐渐疲倦了，我不知不觉已到梦境里了。在梦里我看见一个形似月球的东西，起先不停的在我面前滚，后来渐渐腾起在半空中。忽见她，披着雪白云织的大衣，含笑坐在那个奇异的球上，手里抱着一束红玫瑰轻轻的吻着，仿佛那就是我送她的。我不禁喜欢得跪下去，我跪在沙土的地上，合着掌恳切的感谢，对她说："我的生命呵！……这才证实了我的生命的现实呵！"我正在高声的祈祷着，那奇异的球忽然被一阵风，连她一齐卷去了。我吓得失心般叫起来；不觉便醒了。

自从梦里惊醒以后，我再睡不着了。我起来，燃着灯，又读几页《破舟》，天渐渐亮了。

十月十六日

因为昨晚上梦里的欣悦，今天还觉余味尚在，并且顿时决心一定要那么办了。我不等她起来，便悄悄出去了，那时候不过七点钟。秋末的天气，早上的凉风很尖利，但我并没有感到一点不舒服。我觉在我的四围都充满了喜气，我极相信，梦里的情景是可以实现的，只要我找红玫瑰。……

我走到街尽头，已看见那玻璃窗里的秋海棠向我招手，龙须草向我鞠躬；我真觉得可骄傲，——但同时我有些心怯，怎么我的红玫瑰，却深深藏起，不以她的笑靥，向她忠实的仆人呢？

花房渐近了。我轻轻推那玻璃门时，有一个二十多岁的男人，含笑招呼我道："先生早呵！要买什么花？这两天秋海棠开得最茂盛，龙须草也不错。"他指这种、说那种固然殷勤极了，但我只恨他不知道我需要是什么？我问他："红玫瑰在那里？"他说："这几天，正缺乏这个，先生买几枝秋海棠吧，那颜色多鲜艳呵！也比红玫瑰不差什么……不然，先生就买几朵黄月季吧！"其实那秋海棠实在也不坏，花瓣水亮极了，平常我也许要买他两盆摆在屋里，现在我却不需要这个了。我懒懒辞别那卖花的人，又折出这条街，向南走了。又经过两三个花铺，但都缺少红玫瑰。我真懊丧极了，但我今天买不到，绝不就回去。

还算幸运，最后买到了。只有一束，用白色的绸带束着，下面有一个小小竹子编的花盆很精巧，再加上那

飘带，和蝴蝶般翩舞着，真不错！我真感谢这家花铺的主人，他竟预备我所需要的东西了。

我珍重着，把这花捧到家里，已经过了午饭的时候，但是她还支颐坐着等我呢！我不敢把这花很冒昧就递给她，我悄悄把它放在我的屋里，若无其事般的出来，和她一同吃完午饭。

她今天似乎很高兴，午饭后我们坐在屋堂里闲谈。她问我今天一早到什么地方去，我真想趁这机会告诉她我是为她买红玫瑰去了，但是我始终不是这样回答的，我只说："我买东西去了。"她以后便不再往下问了。我回到屋里，想了半天；我便把这红玫瑰捧着，来到她的面前。她初看见这美艳的花，不禁叫道："真好看，你那里买来的。"她似乎已忘了我上次对她说的话，我忙答道："好看吗？我打算送给你！"我这时又欣悦，又畏怯。她接了花，忽然像是想起什么来了。她迟迟的说："你不是说红玫瑰……我想你是预备送别人的吧！我不应当接收这个。"我赶忙说："真的，我除了你没有一个人可以送的，因为在这世界上，我是最孤另的，也正和你一样。"她眼里忽然露出惊人的奇光，抖颤着将玫瑰花放在桌上，仿佛得了急病，不能支持了。她睡在沙发上，眼泪不住的流。咳！这使我懊悔，我为什么使她这样难堪，我恨我自己，我由不得也伤心的哭了。

在这种极剧烈的刺激里，在她更是想不到的震恐，就是我呢，也不曾预想到有这种的现象，真的我情愿她痛责我。唉！我真孟浪呵！为什么一定要爱她！……我心里觉得空虚了，我还不如飞絮呵！我不但没有着落，并且连飞翔的动力也都没有了。

阿妈进来了，我勉强掩饰我的泪痕。我告诉阿妈，把她扶进屋里，将她安放在床上，然后我回我自己的屋子。伏在枕上，痛切的流我忏悔的眼泪，但我总不平，我不应该受这种责罚呵！

十月二十日

她一直病了！直到现在不曾减轻。父亲虽天天请医生来，但是有什么用处呢？唉！父亲真聪明！他今天忽然问我，她起病的情形，这话怎能对父亲说呢？我欺骗父亲说："我不清楚！"父亲虽然怒骂我"糊涂"！我真感激他，我只望他骂得更狠一点，我对于她的负疚，似乎可以减轻一点。

医生，——那李老头子真讨厌，他那里会治病呵！

什么急气攻心咧，又是什么外感内热咧，用手理着他那三根半的鼠须，仰着头瞪着眼，简直是张滑稽画。真怪！世界上的人类，竟有相信这些糊涂东西的话……我站在窗户下面，听他捣鬼，真恨不得叫他快出去呢！

父亲也似乎有些发愁，他预备晚上住在这边。她仿佛极不高兴，她对父亲说："我这病只是心烦，你在这里，我更不好过，你还是到那边去吧！"父亲果然仍回那边去了。

八点多钟的时候，我正在屋里伤心，阿妈来找我，她在叫我。其实我很畏怯，我实在对不起她呵！在平常一个妇女的心里，自然想着这是不可能的事情，并且也告诉别人不得的，总算是不冠冕的事呵！唉……

她拥着一床淡湖色的绉被，含泪坐在床上。她那憔悴的面容，无告而幽怨的眼神，使我要怎样的难过呵！我不敢仰起头来，我只悄悄站在床沿旁边。她长叹了一声，这声音只仿佛一支利剑，我为着这个，由不得发抖，由不得落泪。她喘息着说："你来！你坐下！"我抖战着，怯怯地傍着她坐下了。她伸出枯瘦的手来，握着我的手说："我的一生就要完了，我和你父亲本没有爱情，我虽然嫁了十年，我总不曾了解过什么是爱情。你父亲的行为，你们也都明白，我也明白，但是我是女子，嫁给他了，什么都定了，还有我活动的余地吗？有人也劝我和他离婚，——这个也说不定是与我有益的。但是世界上男人有几个靠得住的，再嫁也难保不一样的痛苦，我一直忍到现在——我觉得是个不幸的人。你不应当自己害自己，照我冷眼看来，你们一家也只有你一个是人，我希望你自己努力你的前途！"

唉！她诚实的劝戒我，真使我惭愧，真使我懊悔！我良心的咎责，使我深切的痛苦。我对她说什么？我只有痛哭，和孩子般赤裸裸无隐瞒的痛哭了！她抚着我的头和慈母般的爱怜，她说："你不用自己难过；这不是你的错，只是你父亲……"她禁不住了，她伏在被上呜咽了。

父亲来了，我仍回我自己的屋里去，除了痛切的哭，我实在不知道怎样处置我自己呵！如果这万一的希望，是不能存在了，我还有什么生趣。

十一月一日

她的病越来越重，父亲似乎知道没希望了。他昨天曾对我说："你不要整天坐在家里，看看就有事情要出来了，你也应当替我帮帮忙。"我听了他的吩咐，不敢不出去，预备接头一切，况且又是她的事情。但不知怎么，我这几天仿佛失了魂似的，走到街上竟没了主意，心里本想向南去，脚却向北走。唉！

晚上回来的时候，父亲恰好出去了。我走到她的床前，只见她红光满面，神采奕奕比平时更娇艳。她含着泪，对我微笑道："你的心我很知道，就是我也未尝不爱你，但他是你的父亲呵！"我听了这话，立刻觉得所有环境都变了。我不敢再踌躇了，我跪在她的面前，诚挚的说："我真实的爱你！"她微笑着，用手环住我的脖颈，她火热的唇，已向我的唇吻合了。这时我不知是欣悦是战兢，也许这只是幻梦，但她柔软的额发，正覆在我的颊上，她微弱的气息，一丝丝都打透我的心田，她松了手，很安稳的睡下了。她忽对我说："红玫瑰呢？"

我陡然想起，自从她病后我早把红玫瑰忘了，——忙忙跑到屋里一看。红玫瑰一半残了，只剩四五朵，上面还缀着一两瓣半焦的花瓣。我觉得这真不是吉兆——明知花草没有不凋谢的，但不该在她真实爱我时凋谢了呵！且不管她这几片残瓣，也足以使我骄傲，若不是这一束红玫瑰，那有今天的结果——呵！好愚钝的我！不因这一束红玫瑰她怎么就会病，或者不幸而至于死呵……我真伤心，我真惭愧，我的眼泪，都滴在这残瓣上了。

我将这已残的红玫瑰捧到她的床前，她接过来轻轻吻着，落下泪来。这些滴在残瓣上的，是我的泪痕还是她的泪痕，谁又能分清呢？

从此她不再说话，闭上眼含笑的等着，等那仁慈的上帝来接引她了。今夜父亲和我全不曾睡觉，到五点多钟的时候，她忽睁开眼，向四围看了看，见我和父亲坐在她的旁边，她长叹了一声便断了气。

父亲走过去，用手在她的鼻孔旁，知道是没有了呼吸，立时走出来，叫人预备棺木。

我只觉一阵昏迷，不知什么时候已躺在自己床上了。

她死得真平静，不像别的人有许多号哭的烦扰声。这时天才有一点淡白色的亮光，衣服已经都穿好了。下棺的时候她依旧是含笑，我把那几瓣红玫瑰放在她的胸前，然后把棺盖合上。唉！——多残酷的刑罚呵！我只觉我的心被人剜去了，我的魂立刻出了躯壳，我仿佛看见她在前面。她坐在一个奇异的球上披着白云织就的大衣，含笑吻着一束红玫瑰——便是我给她的那束红玫瑰，真奇异呵！……

唉，我现在清醒了！哪有什么奇异的月球，只是我

回溯从前的梦境罢了。

十一月三日

今日是她出殡的日子，埋在城外一块墓地上——这墓地是她自己买的。她最喜欢西洋人的墓，这墓的样子，全仿西洋式作的，四面用浅蓝色油漆的铁栏，围着一个长方的墓，墓头有一块石牌，刻着她的名字，还有一个爱神的石像，极宁静的仰视天空，这都是她自己生前布置的。

下葬后，父亲只跺了跺脚，长叹了一声，就回去了。等父亲走后，我将一束红玫瑰放在坟前，我心里觉得什么都完了。我决定不再回家去。我本没有家，父亲是我的仇人，我的生命完全被他剥夺净了。我现在所有的只是不值钱的躯壳，朋友们只当我已经死了——其实我实在是死了。没有灵魂的躯壳，谁又能当他是人呢，他不过是个行尸走肉呵！

我的日记也就从此绝笔了。我一生不曾作过日记，这是第一次也是末一次。我原是为了她才作日记，自然我也要为了她不再作日记了。

绍雅念完了，他很顽皮的，趁逸哥回头的工夫，那本书已掷到逸哥头上了。逸哥冷不防吓了一跳，我不觉很好笑！但同时也觉得心里怅怅的，不知为什么？

这寂寞冷清的一天算是叫我们消遣过了，但是雨呢，还是丝丝的敲着窗子，风还是飒飒摇着檐下的竹子，乌云依旧一阵阵向西飞跑，壁上的钟正指在六时上，黄昏比较更凄寂了。我正怔怔坐着，想消遣的法子，忽听得绍雅问道："我的小说也念完了，你们也听了，但是我糊涂，你们也糊涂，这篇小说，到底是个什么题目呵。"被他这一问，我们细想想也不觉好笑起来。逸哥从地下拾起那本书来，掀着书皮看了看，只见这书皮是金黄色，上面画着一个美少年，很凄楚的向天空望着；在书面的左角上斜标着"父亲"两个字。

逸哥也够滑稽了，他说："这谁不知道，谁都有父亲吧！"我们正笑着，又来了一个客人，这笑话便告了结束。

幽　弦

　　倩娟正在午梦沉酣的时候，忽被窗前树上的麻雀噪醒。她张开惺忪的睡眼，一壁理着覆额的卷发，一壁翻身坐起。这时窗外的柳叶儿，被暖风吹拂着，东飘西舞。桃花腥红的，正映着半斜的阳光，含苞的丁香，似乎已透着微微的芬芳。至于蔚蓝的云天，也似乎含着不可言喻的春的欢欣。但是倩娟对着如斯美景，只微微地叹了一声，便不踌躇的离开这目前的一切，走到外面的书房，坐在案前，拿着一枝秃笔，低头默想。不久，她心灵深处的幽弦竟发出凄楚的哀音，萦绕于笔端，只见她拿起一张纸写道：

　　　　时序——可怕的时序呵！你悄悄的奔驰，
　　　从不为人们稍稍停驻。多少青年人白了双鬓，
　　　多少孩子们失却天真，更有多少壮年人消磨尽

志气。你一时把大地妆点得冷落荒凉，一时又把世界打扮得繁华璀璨。只在你悄悄的奔驰中，不知酝酿成人间多少的悲哀。谁不是在你的奔驰里老了红颜，白了双鬓。——人们才走进白雪寒梅冷隽的世界里，不提防你早又悄悄的逃去，收拾起冰天雪地的万种寒姿，而携来饶舌的黄鹂，不住传布春的消息，催起潜伏的花魂深隐的柳眼。唉！无情的时序，真是何心？那干枯的柳枝，虽满缀着青青柔丝，但何能迢系住飘泊者的心情！花红草绿，也何能慰落漠者的灵魂！只不过警告人们未来的岁月有限。唉！时序呵！多谢你："红了樱桃，绿了芭蕉。"这眼底的繁华，莺燕将对你高声颂扬。人们呢？只有对你含泪微笑。不久，人们将为你唱挽歌了：

　　春去了！春去了！
　　万紫千红，转瞬成枯槁，
　　只余得阶前芳草，
　　和几点残英，

飘零满地无人扫！

蝶懒蜂慵，

这般烦恼；

问东风：

何事太无情，

一年一年催人老！

　　倩娟写到这里，只觉心头怅惘若失。她想儿时的飘泊。她原是无父之孤儿，依依于寡母膝下。但是她最痛心的，她更想到她长时的沦落。她深切的记得，在她的一个旅行里，正在一年的春季的时候。这一天黄昏，她站在满了淡雾的海边，芊芊碧草，和五色的野花，时时送来清幽的香气，同伴们都疲倦地倚在松柯上，或睡在草地上。她舍不得"夕阳无限好"的美景，只怔怔呆望，看那浅蓝而微带淡红色的云天，和海天接接处的一道五彩卧虹，感到自然的超越；但是笼里的鹦鹉，任他海怎样阔，天怎样空，也绝没有飞翔优游的余地。她正在悠然神往的时候，忽听背后有人叫道："密司文，你一个人在这里不嫌冷寂吗？"她回头一看，原来是他——体魄魁梧的张尚德。她连忙笑答道："这样清幽的美景，颇足安慰旅行者的冷寂，所以我竟久看不倦。"她说着话，已见她的同伴向她招手，她便同张尚德一齐向松林深处找她们去了。

　　过了几天，她们离开了这碧海之滨来到一个名胜的所在。这时离她们开始旅行的时间差不多一个月了。大家都感到疲倦。这一天晚上，才由火车上下来，她便提议明晨去看最高的瀑布，而同伴们大家只是无力的答道："我们十分疲倦，无论如何总要休息一天再去。"她听同伴的话，很觉扫兴，只见张尚德道："密司文，你若高兴明天去看瀑布，我可以陪你去。听说密司杨和密司脱杨也要去，我们四个人先去，过一天若高兴，还可以同她们再走一趟。好在美景极不是一看能厌的。"她听了这话，果然高兴极了，便约定次日一早在密司杨那里同去。

　　这天只有些许黄白色的光，残月犹自斜挂在天上，她们的旅行队已经出发了。她背着一个小小的旅行袋，里头满蓄着水果及干点，此外还有一只热水壶。她们起初走在平坦大道上，觉得早晨的微风，犹带着些寒意。后来路越走越崎岖，因为那瀑布是在三千多丈的高山上。她们从许多杂树蔓藤里攀缘而上，走了许多泥泞的山洼，经过许多蜿蜒的流水，差不多将来到高山上，已听见隆隆的响声，仿佛万马奔腾，又仿佛众机齐动。她们顺着声音走去，已远远望见那最高的瀑布了。那瀑布是从山上一个湖里倒下来的。那里山势极陡，所以那瀑布成为一道笔直白色云梯般的形状。在瀑布的四围都是高山，永远照不见太阳光。她们到了这里，不但火热的身体，立感清凉，便是久炙的灵焰，也都渐渐熄灭。她烦扰的心，被这清凉的四境，洗涤得纤尘不染。她感觉到人生的有限，和人事的虚伪。她不禁忏悔她昨天和张尚德所说的话。她曾应许他，作他唯一的安慰者，但是她现在觉得自己太藐小了，怎能安慰他呢？同时觉得人类只如登场的傀儡，什么恋爱，什么结婚，都只是一幕戏，而且还要牺牲多少的代价，才能换来这一刹的迷恋。"唉，何苦呵！还是拒绝了他吧？况且我五十岁的老母，还要我侍奉她百年呢？等学校里功课结束后，我就伴着她老人家回到乡下去，种些桑麻和稻麦，吃穿不愁了。闲暇的时候，看看牧童放牛，听听蛙儿低唱，天然美趣，不强似……"她正想到这里，忽见张尚德由山后转过道："密司文来看此地的风景才更有趣呢！"她果随着他，转过山后去，只见一带青山隐隐，碧水荡漾，固然比那足以洗荡尘氛的瀑布不同。一个好像幽静的处女，一个却似盖世的英雄。在那里有一块很平整的山石，她和他便坐在那里休息。在这静默的里头，张尚德屡次对她含笑的望着，仿佛这绝美的境地，都是为她和他所特设，但这只是他的梦想，他所认为的安慰者，已在前一点钟里被大自然的伟力所剥夺了。当他对她表示满意的时候，她正将一勺冷水回报他，她说："密司脱张我希望你别打主意罢，实在的！我绝不能作你终身的伴侣。"唉！她当时实在不曾为失意者稍稍想像其苦痛呢！……

倩娟想到这里，由不得流下泪来。她举头看看这屋子，只觉得冷寞荒凉。思量到自己的前途，也是茫茫无际。那些过去的伤痕每每爆裂，她想到她的朋友曾写信道："朋友！你不要执迷吧！不自然的强制着自己的情感，是对自己不住的呵！"但是现在的她已经随时序并老，还说什么？

人间事，本如浮云飞越，无奈冷漠的心田，犹不时为残灰余烬所燃炙。倩娟虽一面看破世情，而一面仍束缚于环境，无论美丽的春光怎样含笑向人，也难免惹起她身世之感，这是她对着窗外的春色，想到自身的飘零，一曲幽弦，怎能不向她的朋友细弹呢？她收起所涂乱

的残稿，重新蘸饱秃笔写信给她的朋友肖菊了。她写道：

肖菊吾友：沉沉心雾，久滞灵通，你的近状如何？想来江南春早，这时桃绽新红，柳抽嫩绿，大好春光，逸兴幽趣，定如所祝。都中气候，亦渐暖和，青草绵芊，春意欣欣。日昨伴老母到公园——园里松柏，依然苍翠似玉，池水碧波，依然因风轻漾。澹月疏星，一切不曾改观。但是肖菊！往事不堪回首，你的倩娟已随流光而憔悴了。唉！静悄悄的园中，一个飘泊者，独对皎月，怅望云天，此时的心境，凄楚曷极！想到去年别你的时候正是一堂同业，从此星散的时候，是何等的凄凉？况且我又正卧病宿舍。当你说道："倩娟，我不能陪你了。"你是无限好意，但是枕痕泪渍至今可验。我不敢责你忍心，我也明知你自有你的苦衷。当时你两颊绯红，满蓄痛泪，勉强走了。我只紧闭双目，不忍看。那时我的心，只有绝望……唉！我只不忍回忆了呵！

肖菊！我现在明白了，人生在世，若失了

热情的慰藉，无论海阔天空，也难使郁结之心
消释，任他山清水秀，也只增对景怀人之感。
我现在活着，全是为了这一点不可扑灭的热
情，——使我恋恋于老母和亲友，使我不忍离
开她们，不然我早随奔驰的时序俱逝了！又岂
能支持到今日？但是不可捉摸的热情，究竟何
所依凭？我的身世又是如何飘零，——老母一
旦设有不讳，这飘零的我，又将何以自遣？吾
友！试闭目凝想在一个空旷的原野，有一只失
了凭依的小羊，——只有一只孤另另的小羊，
当黄昏来到世界上，四面罩下苍茫的幕子来，
那小羊将如何的彷徨？她嘶声的哀鸣，如何的
悲切。呵，肖菊！记得我们同游苏州，在张公
祠的茅草亭上，那时你还在我的跟前，但当我
们听了那虎丘坡上小羊，呜咽似的哀鸣，犹觉
惨怛无限。现在你离我辽远，一切的人都离我
辽远，我就是那哀鸣的小羊了，谁来安慰我
呢？这黑暗的前途，又叫我如何迈步呢？

　　可笑，我有时想超脱现世，我想出世，我
想到四无人迹的空山绝岩中过一种与世绝隔的

生活——但是老母将如何？并且我也有时觉得我这思想是错的，而我又不能制住此想。唉！肖菊呵！我只是被造物拨弄的败将，我只是感情帜下的残卒，……近来心境更觉烦恼，窗前的玫瑰发了新芽，几上的腊梅残枝，犹自插在瓶里。流光不住的催人向老死的路上去，花开花谢，在在都足撩人愁恨！

我曾读古人的诗道："天若有情天亦老。"可怜的人类，原是感情的动物呵！

倩娟正写着，忽听一阵箫声，随着温和的春风，摇曳空中，仿佛空谷中潺潺细流，经过沙碛般的幽咽而沉郁。她放下笔，一看天色已经黄昏，如眉的新月，放出淡淡的清光。新绿的柔柳，迎风袅娜，那箫声正从那柳梢所指的一角小楼里发出。她放下笔，斜倚在沙发上，领略箫声的美妙。忽听箫声以外，又夹着一种清幽的歌声，那歌声和箫韵正节节符和。后来箫声渐低，歌喉的清越，真如半空风响又凄切又哀婉。她细细地听，歌词隐约可辨，仿佛道：

春风！春风！

一到生机动，

河边冰解，山顶雪花融，

草争绿，花夺红，

大地春意浓。

只幽闺寂寞，

对景泪溶溶。

问流水飘残瓣，

何处驻芳踪！

呵！茫茫大地何处是飘泊者的归宿？正是"问流水
飘残瓣，何处驻芳踪"？倩娟反复细嚼歌词越觉悲抑不
胜。未完的信稿，竟无力再续。只怔怔的倚在沙发上，
任那动人的歌声，将灵田片片的宰割罢，任那无情的岁
月步步相逼吧！……

胜利以后

　　这屋子真太狭小了，在窗前摆上一张长方式的书桌，已经占去全面积的三分之一了，再放上两张沙发和小茶几，实在没有回旋的余地。至于院子呢，也是整齐而狭小的，仿佛一块豆腐干的形势，在那里也不曾种些花草，只是画些四方形的印痕。无论是春之消息，怎样普遍人间，也绝对听不见莺燕的呢喃笑语，因此也免去了许多的烦闷，——杜鹃儿的悲啼和花魂的叹息，也都听不见了。住在这屋里的主人，仿佛是空山绝崖下的老僧，春光秋色，都不来缠搅他们，自然是心目皆空了。但是过路的和风、莺燕，仿佛可怜他们的冷寞且单调，而有时告诉他们春到了，或者是秋来了。这空谷的足音，其实未免多事呵！

　　这几天正临到春雨连绵，天空终日只是昏暗着，雨漏又不绝的繁响着，住在这里的人，自然更感无聊。

当屋主人平智从床上坐起来的时候，天上的阴云依旧积得很厚。他看看四境，觉得十二分的冷寞。他懒懒的打了一个呵欠，又将被角往上拉了拉，又睡上了。他的妻琼芳，正从后面的屋子里走了进来，见平智又睡了，便不去惊搅他，只怔怔坐在书案前，将陈旧的新闻纸整了整。恰巧看见一封不曾拆看的信，原是她的朋友沁芝寄来的，她忙忙用剪刀剪开封口念道：

吾友琼芳：

　　人事真是不可预料呢！我们一别三年，你一切自然和从前不同了。听说你已经作了母亲，你的小宝宝也已经会说话了。呵，琼芳！这是多么滑稽的事。当年我看见你的时候，你还是一个天真未凿的孩子。现在呢！一切事情都改观了，不但你如此，便是我对于往事，也有不堪回首之叹！我现在将告诉你，我别你后一切的经过了：当我离开北京时，所给你最后的信，总以为沁芝从此海国天涯，飘宕以终——若果如此，琼芳或不免为失意人叹命运不济，每当风清月白之夜，在你的浮沉观念中

也许要激起心浪万丈，陨几滴怀念飘零人的伤
心泪呢！——但事实这样，在人间的历程，我
总算得了胜利。自与吾友别后，本定在暑假以
后，到新大陆求学。然而事缘不巧，当我与绍
青要走的消息传出后，不意被他的父亲侦知，
不忍我们因婚姻未解决的缘故，含愁而去，必
待婚后始准作飘洋计。那时沁芝的心情如何？
若论到我飘泊的身世，能有个结束，自然无不
乐从，但想到婚后的种种牺牲，又不能不使我
为之踌躇不绝！不过琼芳，我终竟为感情所
战胜，我们便在去年春天，——梅吐清芬，
水仙抱露时，在爱神前膜拜了——而且双双膜
拜了！当我们蜜月旅行中，我们曾到你我昔日
游赏的海滨，在那里曾见几橼小屋，满铺着梨
花碎瓣，衬着殷红色的墙砖十分鲜艳。屋外的
窗子，正对着白浪滚滚的海面。我们坐在海边
崖石上，只悄对默视，忽悲忽喜。琼芳！这种
悲喜不定的心情，我实在难以形容。总之想到
当初我同绍青结婚，所经过的愁苦艰辛，而有
今日的胜利，自然足以骄人，但同时回味前

尘，也不免五内凄楚。无如醉梦似的人生，当时我们更在醉梦深酣处，刹那间的迷恋，真觉天地含笑，山川皆有喜色了！

我们在蜜月期中，只如醉鬼之在醉乡，万事都不足动我们的心，只有一味的深恋，唯顾眼前的行乐，从来不曾再往以后的事想一想。凑巧那时又正是春光明媚，风儿温馨的吹着，花儿含笑的开着，蝶儿蜂儿都欣欣然的飞舞着。当我们在屋子里厮守得腻了，便双双到僻静的马路上散步。在我们房子附近有一所外国人的坟园，那里面常常是幽静的，并且有些多情的人们，又不时在那超越的幽灵的墓上，插供上许多鲜花，也有与朝阳争艳的玫瑰，也有与白雪比洁的海棠，至于淡黄色的茶花和月季也常常掺杂在一起。而最圣洁的天使，她们固然是凝视天容，仿佛为死者祝福，而我们坐在那天使们洁如水晶的足下，她们往往也为我们祝福呢。这种很美很幽的境地，常常调剂我们太热闹的生活。我们互倚着坐在那里，无论细谈曲衷，或低唱恋歌，除了偶然光顾的春哥儿

窃听了去，或者藏在白石坟后的幽灵含笑的偷看外，再没有人来扰乱我们了！

不知不觉把好景销磨了许多，这种神秘的热烈的爱，渐感到平淡了。况且事实的限人，也不能常此消遥自在。绍青的工作又开始了，他每早八点出外总要到下午四五点钟才回来。这时静悄悄的深院，只留下我一个人，如环般的思想轮子，早又开始转动了。想到以往的种种，又想到目前的一切，人生的大问题结婚算是解决了，但人决不是如此单纯，除了这个大问题，更有其他的大问题呢！……其实料理家务，也是一件事，且是结婚后的女子唯一的责任，照历来人的说法自然是如此。但是沁芝实在不甘心就是如此了结，只要想到女子不仅为整理家务而生，便不免要想到以后应当怎么作？固然哪！这时候我还在某学校担任一些功课，也就可以聊以自慰了，并且更有余暇的时候还可以读书，因此我不安定的心神得以暂时安定了。

不久早到了梅雨的天气，天空里终日含愁凝泪，雨声时起时歇。四围的空气，异常沉闷，免不得又惹起了无聊和烦恼之感。下午肖玉冒雨来谈，她说到组织家庭以后的生活，很觉得黯淡。她说："结婚的意趣，不过平平如是。"我看了她这种颓唐的神气，一再细思量，也觉得没意思，但当时还能鼓勇的劝慰她道："我们尽非太上，结婚亦犹人情，既已作到这里，也只得强自振作。其实因事业的成就而独身，固然是哄动一时，但精神的单调和干枯，也未尝不足滋苦，况且天下事只在有心人去作，便是结婚后也未尝不可有所作为，只要不贪目前逸乐，不作衣架饭囊，便足以自慰了。又何必为了不可捉摸的虚誉浮荣而自苦呢。"肖玉经我一番的解释，仍然不能祛愁。后来她又说道："你的意志要比我坚强得多，我现在已经萎靡不振，也只好随他去……将来小孩子出世，牵挂更多了，还谈得到社会事业吗？"唉！琼芳！你看了这一段话作何感想？

老实说来，这种回顾前尘，厌烦现在，和恐惧将来的心理，又何止肖玉如此。便是沁芝总算一切比较看得开了，而实在如何？当时作

孩子时的梦想那不必去说它，就说才出学校时我的抱负又是怎样？什么为人类而牺牲咧，种种的大愿望而今仍就只是愿望罢了！每逢看见历史上的伟大者，曾经因为极虔诚的膜拜而流泪。记得春天时印度的大诗人来到中国，我曾瞻仰过他的丰采，他那光亮静默的眼神，好像包罗尽宇宙万象，那如净水般的思想和意兴，能抉示人们以至大至洁的人性。当我静听他的妙论时，竟至流泪了！我为崇拜他而流泪，我更为自惭渺小而流泪！

上星期接到宗的来信，她知道我心绪的不宁，曾劝我不必为世俗之毁誉而动心。我得到她的信，实在觉得她比我们的意兴都强，你说是不是？

最奇怪的，我近来对于处女时的幽趣十分留恋。琼芳！你应当还记得，那青而微带焦黄的秋草遍地的秋天，在一个绝早的秋晨，那时候约略只有六点钟，天上虽然已射出阳光，但凉风拂面，已深含秋气。我同你鼓着兴，往公园那条路去，到园里时，正听见一阵风扫残叶的刷刷声，鸟儿已从梦里惊醒，对着朝旭，用尖利的小嘴，剔它们零乱的毛羽，鹊儿约着同伴向四外去觅食。那时园里只有我们，还有的便是打扫甬路的夫役，和店铺的伙计，在整理桌椅和一切的器皿。我们来到假山石旁，你找了一块很洁白的石头坐下，我只斜卧在你旁边的青草地上。你曾笑我狂放。但是这诗情画意的生活，今后只有在梦魂中仿佛到罢了。狂放的我也只有在你印象中偶一现露罢了！

　　曾记得前天夜里，绍青赴友人的约。我独处冷寞的幽斋里，而天上却有好月色，光华皎洁。我拧灭了灯坐在对窗的沙发上，只见雪白的窗幕上，花影参横，由不得走到窗前细看，原来院子里小山石上的瘦劲黄花，已经盛开，白石地上满射银光，仰望天空，星疏光静，隔墙柳梢，迎风摇曳，泻影地上，又仿佛银浪起伏。我赏玩了半晌，忽然想到数年前的一个春天，和你同宗旅行东洋的时候。在一天夜里，正是由坐船到广岛去的那天晚上，我们黄昏时上的船，上船不久，就看见很圆满的月球，从海天相接的地方，冉冉上升，升到中天时，清光璀璨，照着冷碧的海水，宜觉清隽逼人。星辉点点，和岸上的电灯，争映海面，每逢浪动波涌，便见金花千万，闪烁海上。十点钟以后，同船的人，都已睡了，四境只有潺湲的流水声，时敲船舷，一种冷幽之境，如将我们从搅扰的尘寰中，提到玄秘冷漠的孤岛上。那时我们凭栏无言，默然对月，将一切都托付云天碧海了。直到船要启碇，才回到房舱里去。而一念到当时意兴，出尘洒脱，谁想到回来以后，依然碌碌困人，束缚转深。唉！琼芳！月儿年年如是，人事变迁靡定，当夜怅触往事，凄楚如何？

琼芳！我唯留恋往事过深，益觉眼前之局，味同嚼蜡。这胜利后的情形何堪深说——数月来的生趣，依然是强自为欢。人们骂我怪僻，我唯有低头默认而已！

今年五月的时候，文琪从她的家乡来。我们见面，只是彼此互相默视，仿佛千言万语，都不足诉别后的心曲，只有眸子一双，可抉示心头的幽秘。文琪自然可以自傲，她到现在，还是保持她处女的生活。她对于我们仿佛有些异样，但是，琼芳！你知道人间的虫子，终久躲不过人间的桎梏呢？我想你也必很愿意知道她的近状吧？

文琪和我们别后，她不是随着她的父亲回到故乡吗？起初她颇清闲，她家住在四面环水的村子里，不但早晚的天然美景，足以洗涤心头尘氛，并且她又买了许多佛经，每天研经伴母，教导弟妹，真有超然世外之趣。谁知过了半年，乡里的人，渐渐传说她的学识很好，一定要请她到城里，担任第一女小学的校长。她以众人的强逼，只得抛了她逍遥自在的灵的生活，而变为机械的忙碌的生活了。她前一个月曾有信给我说——

沁芝：意外书至，喜有空谷足音之慨。所寄诗章，反复读之，旧情并感，又是一番怅惘。琪近少所作，有时兴动，只为小学生编些童歌耳。盖时间限人，琐事复繁，同僚中又无足道者。此种状况，只有忙人自解。甚矣不自

然之工作逼人，尚何术计及自修，较吾友之闭户读书，诚不可同口语也。憾何如之！……

琼芳！你只要看了她这一段话，应该能回忆到当初我们在北京那种忙碌的印象了，不过有时因了忙，可以减去多少无聊的感喟呢！

这些话还没有述说尽文琪最近的状况呢。你知道绍青的朋友常君吗？这个人确是一个很有学识而诚热的人，他今约略三十多岁吧——并没有胡须，面貌很平善，态度也极雍容大方，不过他还不曾结婚——这话说出来，你一定很以为奇。中国本是早婚主义的国家，那有三十几岁的人不曾结婚？这话果然不错，这常君在二十岁上已经结过婚了，不过他的妻已不幸前三四年死了，他不曾续弦罢了。他同绍青很好，常常到我们家里来。有一次文琪寄给我一张照片，恰巧被常君看见，我们不知不觉间便谈到文琪的生平和学识，常君听了很赞许她，便要求我们介绍和文琪作朋友。当时我想了想，这到是一件很好的事，因立刻写信给文琪。不过你应知道文琪绝不是一个很痛快的人，并且她又是一向服从家庭的，这事的能成与否，我们不过试作而已。后来我们托人向她父亲说明，不想她父亲到很赞许这位常君，文琪方面自然容易为力了。后来文琪又带了她的学生，到我们那里参观教育，又得与常君会面的机会。常君本是一个博学善词的学者，文琪也是个心高气傲的女子，他们两星期中的接触，两方渐渐了解，不过文琪的态度仍是踟躇不绝，其最大的原因说来惭愧，恐怕还是因为我们呢！前几天她有一封信来说——

　　沁芝！音问久疏，不太隔绝吗？你最后的信，久已放在我信债箱里，想写终未写，实因事忙，而且思想又太单调了。你为什么也默而无声呢？我知道你们进了家庭，自有一番琐事烦人。肖玉来信说："想起从前校中情境，不想有现在，真是增无穷之感，觉得人生太平淡了，但是新得一句话说："摇摇篮的手摇动天下。"谨以移赠你们吧！

夏间在南京开教育会，几位朋友曾谈起："现在我国的女子教育，是大失败了。受了高等教育的女子，一旦身入家庭，既不善管理家庭琐事，又无力兼顾社会事业，这班人简直是高等游民。"你以为这话怎样？女子进了家庭，不作社会事业，究竟有没有受高等教育的必要？——兴笔所及，不觉写下许多。你或者不愿看这些干燥无味的话，但已写了，姑且寄给你吧！也何妨研究研究？我很愿听你们进了家庭的报告！

还有一句话，我定要报告你和肖玉等，就是我们从前的同级级友，都预料我们的结局不过尔尔——我们岂甘心认承？我想我们豪气犹存，还是向前努力吧。我们应怎样图进取？怎样预定我们的前途呢？我甚望你有以告我，并有以指导我呵！

琼芳！我看她的这些话，不是对我们发生极大的怀疑吗？其实也难怪她，便是我们自己又何尝不怀疑自己此后的结局呢？但是我觉得女子入了家庭，对于社会事业，固然有多少阻碍，然而不是绝对没有顾及社会事业的可能。现在我们所愁的，却不是家庭放不开，而是社会没有事业可作。按中国现在的情形，剥削小百姓脂膏的官僚，自不足道，便是神圣的教育事业，也何尝不是江河日下之势？在今日的教育制度下，我怀疑教育能教好学生，我更怀疑教育事业的神圣，不用说别的龌龊的情形，便把留声机般的教员说说，简直是对不起学生和自己呵！

我记得当我在北京当教员的时候，有一天给学生上课回来，坐在教员休息室里，忽然一阵良心发现，脸上立时火般发起热来，说不出心头万分的羞惭。我觉得我实在是天下第一个罪人，我不应当欺骗这些天真的孩子们，并欺骗我自己，——当我摆起"像煞有介事"的面孔，教导孩子们的时候，我真不明白我比他们多知道些什么？——或者只有奸诈和巧饰的手段比他们高些罢？他们心里烦闷立刻哭出来，而成人们或者要对他们说：哭是难为情的，在人面前应当装出笑脸。唉！不自然的人生，还有什么可说！这种摧残人性的教育有什么可作，而且作教育事业的人，又有几个感觉到教育是神圣的事业？他们只抱定一本讲义，混一点钟，拿一点钟的钱，便算是大事已了。唉！我觉得女子与其和男子们争这碗不干净的教育饭吃，还不如安安静静在家里，把家庭的事务料理清楚，因此受些男子供给的报酬，倒是无愧于良心的呢！

至于除了教育以外，可作的事业更少了，——简直说吧，现在的中国，一切都是提不起来，用不着说女子没事作，那闲着的男子——也曾受过高等教育的，还不知有多少呢？这其中固然有许多生成懒惰，但是要想作而无可作的分子居多吧？

琼芳！你不知我们学校因为要换校长，运动谋得此缺的人不知有多少，那里面倾轧的详情若说出来，真要丢尽教育界的脸！唉！社会如此，不从根本想法，是永无光明时候的！

可是无论如何，文琪这封信，实在是鼓励我们不少。老实说，中国的家庭，实在足以消磨人们的志气。我觉得自入家庭以后，从前的朋友日渐稀少，目下所来往的不是些应酬的朋友，便是些不相干的亲戚，不是勉强拉扯些应酬话，口不应心的来敷衍，便是打打牌，看看戏。什么高深学理的谈论不必说，便是一个言志谈心的朋友也得不到，而家庭间又免不了多少零碎的琐事，每天睁开眼，就深深陷入人世间的牢笼里，便是潜心读书已经不容易，更说不上什么活动了。唉！琼芳！人们真是愚得可怜，当没有结婚的时候，便梦想着结婚以后的圆满生活，其实填不平的大地，何处没有缺憾！

　　说到这里，我又想起冷岫来了。你大约还记得她那种活泼的性情，和潇洒的态度吧！但是而今怎样，她比较我们更可怜呢！她实在是人间的第一失败者。当她和我们同堂受业时，那种冷静的目空一切的态度，谁想得到，同辈中只有她陷溺最深。她往往说世界是一大试验场，从不肯轻易相信人。她对于恋爱的途径，更是观望不前，而结果她终为希冀最后的胜利，放胆迈进试验场中了！虽然当前有许多尖利的荆棘，足以刺取她脚心的血，她也不为此踯躅。当她和少年文仲缔交之初，谁也想不到他和她就会发生恋爱；因为文仲已经娶了妻子，而冷岫又是自视极高的心性。终为了爱神的使命，她们竟结合了。她们结婚后，便回到他的故乡去，文仲以前的妻子也在那里。当文仲和冷岫结婚时，也曾征求过他以前妻子的同意，在表面，大家自然都是很和气的笑容相接，可是据冷岫给我的信，说自从她回家后，心神完全变了状态，每每觉得心灵深处藏着不可言说的缺憾。每当夜的神降临时，她往往背人深思，她总觉得爱情的完满，实在不能容第三者于其间——纵使这第三者只是一个形式，这爱情也有了缺陷了！因此她活泼的心性，日趋于沉抑。我记得她有几句最痛心的话道："我曾用一双最锋利的眼，去估定人间的价值，但也正如悲观或厌世的哲学家，分明认定世界是苦海，一切都是有限的，空无所有的，而偏不能脱离现世的牢缚。在我自己生活的历史上，找不到异乎常人之点。我也曾被恋神的诱惑而流泪，我也曾为知识的利剑戳伤脆弱的灵府。

　　我仿佛是一只弱小的绵羊，曾抱极大的愿望，来到无数的羊群里，选择最适当的伴侣。在我想像中的圆满，正如秋日的晴空，不着一丝浮云，所有的，只是一片融净的合体，又仿佛深秋里的霜菊，深细的幽香，只许高人评赏，不容蜂蝶窥探。"

　　这些希望，当然是容易得到，但是不幸的冷岫，虽然开辟了荒芜的园地，撒上玫瑰的种子，而未曾去根的荆棘，兀自乘机蓬勃。秋日的晴空，终被不情的浮云所遮蔽，她心头的灵焰，几被凄风冷雨所扑灭。当她含愁默坐，悄对半明半灭的孤灯，她的襟怀如何？又怎怪她每每作鹤唳长空，猿啼深谷的哀音？今年三月间，她曾寄给我一首新歌，我看了直难受几天，她的原稿不幸被我失掉了，但尚隐约记得，像是道：

　　漏沉沉兮风凄，
　　星陨泪兮云泣，
　　悄挑灯以兀坐兮，

神伤何极!

念天地之残缺兮,

填恨海而无计!

感君怀之弥苦兮?

绝痴爱而终迷!

悲乎! 悲乎!

何澈悟之不深兮,

乃踯躅于歧途,

愧西哲之为言兮,

不完全勿宁远!

　　琼芳! 你读了这衰楚的心头之音, 你将作
何感想? 我觉得不但要为不幸的冷岫, 掬一把同
情泪, 在现在这种过渡的时代中, 又何止一个冷
岫。冷岫因得不到无缺憾的爱情, 已经感喟到这
种田地, 那徒赘虚名而一点爱情得不到如文仲的
以前的妻子, 她们的可怜和凄楚还堪设想吗?

　　唉! 琼芳! 我往常每说冷岫是深山的自由
鸟, 为了情爱陷溺于人间愁海里, 这也是她奋
斗所得的胜利以后呵! ——只赢得满怀凄楚,

壮志雄心，都为此消磨殆尽呵！说到这里，由不得我不叹息，现在中国的女子实在太可怜了！

前天肖玉的女儿弥月，我到她那里，看见那孩子正睡在她的膝上。肖玉见了我忽然眼圈红着，对我说道："还是独身主义好，我们都走错了路！"唉！这话何等伤痛？我们真正都是傻子。当我们和家庭奋斗，一定要为爱情牺牲一切的时候，是何等气概？而今总算都得了胜利，而胜利以后原来依旧是苦的多乐的少，而且可希冀的事情更少了。可藉以自慰的念头一打消，人生还有什么趣味？从前以为只要得一个有爱情的伴侣，便可以废我们理想的生活。现在尝试的结果，一切都不能避免事实的支配，超越人间的乐趣，只有在星月皎洁的深夜，偶尔与花魂相聚，觉得自身已徜徉四空，优游于天地之间。至于海阔天空的仙岛，和琼草琪花的美景，只有长待大限到来，方有驻足之望呵！琼芳！长日悠悠，我实无以自慰自遣，幽斋冥想，身心都感飘泊。本打算明年春天与绍青同游意大利，将天然美景，医我沉疴，而又苦于经济限人，终恐只有画饼充饥呵！

感谢琼芳！以闭门著述振我颓唐。我何
尝不想如此，无奈年来浸濡于人间，志趣不知
何时已消磨尽净，便有所述作，也都是敷衍文
字，安能取心头的灵汁灌溉那干枯的荒园，使
它异花开放，仙葩吐露呢？琼芳，你能预想我
的结果吗？

沁芳

琼芳看完沁芝的来信，觉得心头如哽。她向四围看
看她自己的环境，什么自然的美趣，理想的生活，都只
是空中楼阁。她不觉叹道："胜利以后只是如此呵！"这
话不提防被已经睡醒的平智听见了，便问道："你说什
么？"琼芳不愿使他知道心头的隐秘，因笑说道："时候
已经不早，还不起来吗？"平智懒懒的答道："有什么可
作，起来也是无聊呵！"琼芳忍不住叹道："作人就只是无
聊！""对了，作人就是无聊！"这不和谐的话从此截住，
只有彼此微微振动的心弦，互相应和罢了！

寂　寞

　　妙萝住在乡间的别墅里，仿佛新到一个绝人迹的所在，可是普通人必以为这是不可理解的事实。妙萝的住室固然是在山巅的上面，然而只要打开四面的窗子，也可以看见农夫们正俯着身子在割稻。有时也有几个十五六岁的青年女子，她们头上戴着竹篾编就的阔笠，闪烁在强烈的日光下，窈窕的身躯和脸蛋，虽然是被日光蒸得两颊深红，然而别饶一种康健的丰韵。她们帮着父母们作着工，有时她们也悄悄的退到松树下喝点从溪里舀来的碧莹莹的清水，有时她们也指着妙萝的住房，不知议论些什么。若果妙萝也正俯在窗子上的时候，她们必仿佛希奇似的微笑着。

　　这正是一个美丽的清晨，妙萝穿着一件白色的睡衣，披散着待梳理的柔发，悄然怔立在回廊上。东方鲜艳的彩霞和绕树的烟云，也许使她受了极深的刺激。她

微微的叹着，将一头黑色的柔发，松松的挽了一个S式的髻，便坐在一张有靠背的藤椅上。一面从藤椅旁的小几上拿起一本小册子，——那是一本很俏丽的小册子，金色的边缘，玫瑰紫的书皮。妙萝掀开第一页，用胸前垂着金质的自来水笔，轻轻的写道：

　　现在我总算认识了我自己，同时也认识了世上的一切人，就是小美儿是那样活泼而天真的面庞，然而在她那一双澄澈神秘的眼中，也已经告诉人与人是隔绝得太远了。她眼球一转的当儿，谁能知道她是在设想什么？同时我自己瞬息百变的心潮，谁又曾把它捉住过。嗄！世界上只有幻像，——可以说一切的真实都是人们自慰的幻像……

　　妙萝的笔尖忽然停住了，因为她看见阿金——一个十七岁的女侍，已端了一盆洗脸水来。她放下笔和册子，正搅着脸巾，忽看见在山坡下松树影里有一对爱人儿，正偎傍着，私语着，从那斜坡上穿过。"呵！那恰是一副绝美的图画，它的诱惑人和使人欣慰，实在只不过一副绝美的图画。若果说那是逼真的便失去一切的兴趣和价值了，因为只有图画，能保持她和他永久的超凡的兴趣和诗的意味，纵使那个女的变成白发驼背的老婆婆。那男的变成龙钟老迈可憎的样子，然而这与他们这霎那图画般诗情画意是没有妨碍的……"妙萝一壁洗着脸，一壁看着那一对情人遐想着。不久女侍将残水收拾去。妙萝悄悄掀开窗幔，新鲜而光艳的朝阳正射在一张油画上——约瑟和她的情人拿破仑正互相偎抱着，拿破仑身着金质盔甲，像貌和天神样的魁伟，然而俯伏在她——美丽绝伦的约瑟足下，又是何种的柔情萦绕。这时或者他们将要分别了，约瑟满眼清波，莹莹欲滴，那又是怎样使人神往。这才是永久的诗情画意，才是永久的真实，——真实等于他们背影的月光清流，直到无限年后，他们的印象——使人沉醉的幻像永远继续在人间。除此以外，一切都随时间空间整个儿消失了。

妙萝对着那油画出了一会神。又回到适才坐的藤椅上将方才所写的册子，又拿起来继续着写道：

仿佛造物主已经将人间的神秘指示给我了。从此以后我立刻觉得寂寞，甚至终此一生永远在寂寞中。我不免回溯从前的生活：我的父亲是一个威严的男子，他在生之年，永远没有给我可以依靠而求慰的机会。在他的威严下，我觉得我是十分的无依傍，因为他从不容许我以诉说我内心一切的机会。不过我那时还不十分觉得，因为天真的孩子实际没有多少心事。我的母亲呢，她虽是温和的，然而我也不曾表示过我的意见，因为她是慈悲的，如果我不能如她所希望的，她每至为之垂泪，于是我只有藏着——深深的藏着内心的隐秘——因此我常常感得我的孤单和寂寞。

在一个二三百人集合的学校生活里，至少总有一两人足以安慰我，我不致使我如孤独的旅行者，彳亍于四无人迹的沙漠中。绍仪，她曾留给我很好的印象，她告诉我人生是不能求究竟的，只要能应付眼前的环境，便算是好身手。她曾在葡萄园里，月影婆娑的下面，和她的情人跳舞、偎抱、接吻，她说人生只可作如是观，——不必想到红粉骷髅。然而不幸得很，霎那间，真真不过霎那间，一切便都改观了。她抱着稚嫩的小生命，悄然沉思，这时四境唯有寂寞！

筠倩，她是另一方面的人，她不表同情于绍仪的自骗主义，然而她同样的不赞成我的过求究竟。她也曾给我一个绝美的印象，那正是鸟语花香的春朝，在许多垂髫的女孩和总角的童子中，她居然作了他们的伴侣。教他们唱，教他们舞，更教他们听春莺娇啭，黄鹂轻吟，同时也教他们看蝴蝶怎样的翩翩而舞，云天怎样变幻百出。的确那时节，她实是世上的胜利者，如果仅此而止，到是可以永久保存着诗情画意！

去年筠倩回来了，仍旧抱着诗情画意的心怀，来到那所花园里。然而一切都已消失了……残红狼藉，人影全杳，四境悄悄，亦只剩有寂寞。

为什么这些个人，都仿佛两面国的人，露着一个脸，遮着一个脸，那露在外面的脸，遽然看去，倒大半都是和蔼可亲，然而那遮在里面的脸，便毫不可测度了，或者是夜叉般的凶

脸，或者是山魈般的变化莫测，恒使我怀戒心永远不敢和他们过于亲近……

是的，一般人和情人应当是两样，情人和情人融洽时确只有一面的脸，这自然可以亲近了。然而你要注意，在你们结为一体以后，有时一样的要恢复他和她两面脸的本能。女人因为怕男人更喜欢其他的女人，有时尚不止两面脸，竟至同时猜忌，怨恨，狠毒，狐媚——无数种的面目对待她们的丈夫；丈夫憎嫌妻子另有所欢，也有无数种的脸——欺骗，压迫，侮辱——总之三位一体只有超人类的上帝是作得到的，至于人类只有孤独，只有寂寞！

妙萝写着，不禁深深的叹着。一群的青年的乡下女子，戴着阔笠，有的拿着镰刀，有的拿着斧子，还有的牵着牛，她们一路说笑的来到这山坡下，竟使妙萝不能更往下写了。她想为什么她们是那样的合群，为什么寂寞不闯入她们的心胸呀！这只有上帝知道！也许她们不曾学到城市中人的聪明和技巧？她们怀疑的看着我，也正和我对于她们的怀疑一样。或者在她们四五个人中间，也正是各个人是各个人，同样在彼此推测的地位？然而我终希望这是我的错误！除此我更不知将何以自慰了？

正是凡事都是不可推测。蔓文悄悄的坐在我的对面，她面前曾放着一本英文书，然而她的眼神确不在书上，在她深沉的眼神中，谁又知道她整个的事实，人们无论是怎样的使自己不孤独，实在是不可能的！

蔓文活泼的体态，自然不愧是个交际家。她曾受许多人的钦仰。一个中年的政治家，曾经用了许多方法，想使她和他混为一个，然而两个绝对不同的圆脑壳内，正各自有各自的门阀，除非是万能的上帝，或者能把一切的不同而归于大同呢。

蔓文曾经告诉过我："那中年的政治家，学问、门地、身份的确都无可议，然而他太不了解我(指蔓文)的心理了。我喜欢若接若离倨傲的态度时，他偏以一副过于谦和、亲热的神气对待我，我自然而然的要拒绝他。然而士诚倒是一个善于推测妇女心理的人，但他那一次请我吃饭的时候，他曾对坐在他旁边的肖奇说：'手段的灵巧是一切的胜利……'我立时感觉得他是在演剧，我或不免将为上场的傀儡，那真是太不值得……

"接着我又看了一出不朽的活剧，你应该记得良玉

吧？她的年纪和面貌，差不多快和鸡冠花那样已到秋末了，一切都现着枯槁的神情，然而她却老来红，——正和鸡冠花经秋霜的凌虐后更红了。她是极有毅力，且勇敢的女人，她能打破一切的难关，在许多兵威之下，她能从容不迫的从那里求见他们的元帅。她的辩才也很好，当她见着那挺胸凸肚的局面上的大人物，竟能滔滔不绝的谈她的方针和要求，往往由这里得到许多成绩。设若她有一副娇媚的容貌和青春的丰韵，再加上她的勇敢毅力，真是可以打破一切的难关，然而不幸她终不过是篱旁隙地上一朵不惹人羡慕的老来红。她什么都能打破，而至于胜利之境，唯打不破情关。

"肖奇恰像三春里的临风玉树，态度的潇潇飘逸，实足以使群芳倾动。然而他的身世，又仿佛是孤岛里的琼葩，寂寞孤单。他和良玉因同乡的关系，很为亲切，然而他只认良玉作他的爱姊，却未曾盘算过，和她结为一体，这正是他深藏脑海的隐秘。良玉是否和他同感，我们局外人，自然不知道，就是良玉也只能想她自己所要想的，……这是很自然的结果呵。

"在某一个下午，我和良玉、肖奇、士诚一齐坐在一带柏树荫下。玫瑰色的葡萄酒，漾在翡翠杯里，雪白的莲藕，又堆满在玛瑙盘里，谁能不受这印象的催眠，当然在这种环境底下，要含些诗的爱情的趣味。我们各自举杯饮着，正在神情飞越时，恰好德芬从斜阳荡彩的路上，姗姗的前进。她穿着一套淡荷色的软绸，忽而在金黄色的淡阳下穿过，忽而又被婆娑的树影罩住，她老远的已经看见我们了，然而她仿佛有所踌躇的，又折了回去。正当这时，肖奇陡然放下酒杯，决然'嗳'的叹了一声，拿起帽子走了。我们四周的空气，立刻紧张起来，仿佛不久就有不可思议的活剧出现。因为我们知道，肖奇的走，实是为了德芬。这时大家的视线，不约而同的集在良玉的身上。只见她面色苍白，嘴唇颤动，两眼凝泪，怔怔对着肖奇的背影。最后她竟支持不住，呜咽地哭了。她站起来，一言不发的飞奔而去。我们勉强的维持了残局，然而谁也不能再说些什么。我到底放心不下，因立刻约了士诚到肖奇的寓所去，我们奔到那里时，只见肖奇的房门紧闭着，我连敲了数次，只不见影响。我有些心慌。不能再等他的许可，便叫茶房另拿一钥匙来，这才把门开开。我们一进去，肖奇直挺挺躺在床上，面红筋暴，两眼不住的流泪。我和士诚走到他的睡床前，他才突然翻身爬了起来，握住我们的手，放声痛哭。他说：'我实在难受，我不能再忍了，……我实在委决不下，除非是今天死了，……'我们忙安慰他说：'肖奇，你不可这样自苦，有什么难决的事，大家商量，总有个办法。……'肖奇仍然痛哭着说：'我对不起良玉，同时我又对不起德芬……我若果顾全了德芬，就毁了素日翼覆的良玉姐姐，……我们都是自己人，我不敢瞒你们，我深知良玉的爱我，不仅是爱一个兄弟，她也是和我一样的飘零孤单，我怎忽弃了她。但是你们叫我怎么办？我良心觉得和她实不是适宜的配偶，……并且德芬是我的心许的恋人……然而我仅只作良玉姐姐的爱弟，良玉姐姐一切便因我而毁坏了，唉！……我实在不知自处。……'我和士诚这时也只有默然，因为这实是个难题，大家都是很好的朋友，无论看见那一个过不去，我们一样的伤心。若论德芬那本是肖奇绝好的配偶，然而适才良玉的失望，我们明明看在眼里，她真是以全生命交付给肖奇，我们叫肖奇拒绝她吗？……嗳！什么理智，这时候已是失却了效力。我和士诚只有陪着肖奇苦痛，甚至于陪他落泪。大家沉默了约有一个钟头，肖奇咬唇决然的站了起来，挽着我们的手说：'蔓文、士诚，求你们同我去看良玉姐姐。她现在一定苦坏了，只为我这么个不肖的人！'于是我和士诚如同上了催眠术似的，跟着肖奇急急坐了一辆摩托卡，奔良玉家里去。我们一直走到她的寝室，只见她面如死灰两眼发木的睡在床上。肖奇一把握住她的手，伏在她的胸前，连哭带叫的道：'姐姐，我对不住你！求你恕了我吧！我从今以后唯有你的命令是从；我想——我费了很长的时间想，我甘心牺牲一切——姐姐你醒来吧！'良玉这时深深的叹了一声，接着呜咽的哭起来，她哽咽着说：'肖奇，这是我的错误，你没有对不起我……好！亲爱的弟弟！你只是我亲爱的弟弟！此外一切都不相干的。……'肖奇听了这话，只是哭道：'姐姐，不，你不仅是我的姐姐，同时你是我的终身伴侣。姐姐，我将永远保持我们定婚的约指，姐姐，你不要再说别的吧。……'唉！这一出不朽的活剧我们看了由不得伤心，然而我们还能暂且自慰这事情是告了段落。

"过了两个多月，有一天早晨，我们忽接到肖奇的一封信道：'唉！我的姊姊终因为我的不肖走了，我将要终身对她抱憾，我心乱神昏不知应当说些什么，请你们看她的信吧。'果然此外尚有一张信是良玉的亲笔，

写道：

"肖奇！我终夜的思量，——再三的思量，我实在不是你的配偶，这都是由我的错误。可是天地当鉴此心，我的爱你，实出于情不自已。我满想使你一生得到快乐，种种的计划都是为你，然而我没想到一切的经营适足以铸成极大的错误！呀！肖奇！德芬也是我素来心爱的妹妹，你们恰是一对好配偶。我现在决计成全你们，我立刻将有长期的旅行，如果凭着上帝的殊恩，我们自有相见之期，否则只有各奔前程……

"我们接到这意外的消息，自然放心不下，立刻又跑去看肖奇。只见他形容枯槁仿佛抱病的样子，他见了我们道：'……我对不起我的姐，我不能再对不起德芬，我已经告诉她，世界上只有孤单寂寞，什么爱情适足以自苦，我将要永永被罚于孤单里，因为我不能推测别人头脑里的事实，正是谁也不曾了解谁！……'

"唉！这是怎样败兴的活剧，然而这个世界上无论什么事，结果都是败兴的呢！"

蔓文便从此退出交际场，当然不是不可解的事实！

妙萝想到这里，忽然蔓文对她说道："妙萝！若果是可能，我愿意永远不再履足城市了，在那里繁华热闹的场合，往往显不出人们的孤单，因为件件事都是含着滑稽的互相欺骗的色彩，……你了解我的话吗？"

妙萝沉思着，凝听着，悄悄的放下笔，微笑道："自然认真的说，人人都是孤单的，然而造物主也因此为人类叹息，他也曾勉强为人类创造些兴奋剂，你看那不是绝好的安慰品吗？……"妙萝说到这里已经站了起来，蔓文也随着她向前来："呵！那真是神秘而滑稽的勾当，那树林尽头，一块光滑枕着溪流的岩石上，不是明明坐着两个上帝的宠儿吗？他们手臂相挽，头颈相偎，心脉相通，只有她和他这霎时间不是孤单的，寂寞的，然而好！仅此而止，便可保持隽永，和真实！"

风电飞驰的浓雾，忽从山谷里涌奔出来，一切渐渐模糊，便是那一对隽永美妙的情影，也渐渐的消失了。然而妙萝和蔓文却仿佛满意似的含笑，对着这善留余韵的云雾！

蓝田的忏悔录

　　晚饭后，已经是暮色四合，加以山风虎吼，身心萧疏。我正百无聊赖的独自寂坐，陡然肖圃推门进来，说："隐！想得到我来吗？"我不觉欣然的道："倒是什么风儿把你吹来了？今夜又没有月色，惊得你会来……？"说着话，我因递一杯茶给她。她一手接着，另一手举着一本小册子道："我只是为了这个使命而来，这种使人灵弦紧张的凄调哀音，难道不应在这幽寂的凉夜中重演吗？……并且我整个脆弱的心房，实有些不能包容这凄厉之音，我焉能不来找你？"我听肖圃一席话，心神奔越，不等她再往下说，已掀开那小册子看了。只见上面的标题是"蓝田的忏悔录"。呵！这尽够了，只这六个字，仅仅只是六个字，已经使得我的步骤乱了，未容我再往下看的当儿已经有一个很熟识的面貌体态……动作的蓝田的印象，涌上我的观念间来。

实话说，若讲起"漂亮"两个字她真轮不到。她长方形的脸蛋，一对疏眉到还不错，不过太阔而且松散了，有些像参差不齐的扫帚。眼睛很够大的，不过眼珠嫌过分的突出，结果有点仿佛金鱼的眼睛。鼻子呢，是扁平的。嘴倒是四方海口，是个古英雄的好嘴脸，然而长在女性的脸上，至少要损去许多嫣然的丰韵。说到身材姿态，虽没有多大毛病，可是也没有什么出色的地方。倒是性子是极诚实而恳切的，若果和她交久了的人，无论谁都能因她的内质的璞美而忘记她外表的不大雅观。

"蓝田为什么有这忏悔录，……你从何处得来？……我自从回来后不曾得到她的消息。"我的灵弦为了仅仅那六个字，不由得紧张起来，我既急要知道她的究竟，这本册子固然能仔细告诉我，然而在这个现状之下，不嫌太迟缓吗？于是我不得不先探问肖圃。

"你为什么不赶紧看下去，在那里至少能使你对于她这忏悔录之所由来的答案觉得满意。……她近来的消息，甚至于一生的消息都在其中。至于这册子的来源，那更简单了，芝姐从京里寄来的。……好！时候已不早了，你静静的看吧。我现在先回去，明天我们再谈。"

肖圃说着真站起来走了，我只点了点头，表示我送

灵海潮汐

她和希望她明天再来的意思，这一点在直觉上，大家都可不言而喻了。

这当儿风依旧是呼呼的吼着，远处虽也有人声，然而仅仅是依稀可辨认是有人在说话罢了。远处只是沉沉寂寂，除了门窗为风所鼓动，偶尔发出微响外，一切都在睡眠状态中，于是给我一个顶好的机会，读蓝田的忏悔录。

八月初十日

呵！破屋那堪连夜雨？门窗的纸一片片的飞舞着，雨丝都从那里悄悄地窜了进来，虽还只是初秋的天气，然而病骨支离的我，顿觉寒生肌里。尤其我空洞的心，更经不起这风风雨雨的打击，然而有什么法子拒绝它。从昨天下午，芝姐走了以后，还不曾见一个人影。唉，谁又想到在这破屋子中，尚有一个几乎等于幽灵的蓝田呢？火炉不知什么时候被隔壁的大黑猫弄翻了，药罐子也歪在一旁，药渣子洒了一地。王妈也没什么良心，昨天早晨走了到现在还不肯回来。自然啦，这一个月的工钱还欠着她的，怎得不由着她使性子？宇宙本来不算小，然而除了这一个漏雨灌风的破屋子外，什么地方还容得我插足？

　　风雨一阵一阵紧起来，只有阶前的落叶，萧萧瑟瑟的微呻着。它们也许与我同病相怜，然而彼此都太微弱了，相怜亦复何益！我眼睁睁的望着门外，但从昨晚到现在已经十八九个钟头了，除却失望曾盼到些什么！

　　下午芝姐黯然的走了进来，我仿佛拣到宝贝似的，可是不知为什么，我的眼泪反而流了下来。及至芝姐问我："王妈还没有来吗？"我竟似受委曲的孩子，被大人提醒了委曲之所以然，竟放声痛哭起来。芝姐很不过意，一面替我整理着杂乱的桌子，和地上纵横歪斜的茶炉药罐，使我益觉心如刀刺。唉，我只要早听她一句话，也不至于到现在这种贫病交困的境地。我忏悔，我惶愧，我竟不知何以对爱我的芝姐，——在这到处埋伏危机的地方，日暮途穷的时候，只有她，不时以温情延长我对世的留恋！

　　"'世情看冷暖，人面逐高低。'芝姐，我而今对你只有忏悔啊！"芝姐凄然望着我，她湿润的双睛，充满了怜悯的同情。她这时走到我的床前，坐在我的身旁深深的叹道："过去的不必再提，现在先说眼前的吧！王妈看这样子今天是不会来的，你一个人又是病着独自在这里，怎么使得？我今天就在这里陪你吧！可是何仁也太没人心了，当初你手里有千把块钱的时候，他不是天天到这里来缠吗？现在却连个影子也不见了！"芝姐悲愤不平的说着，唉！我的空虚寂寞的心，谁能想像悔恨和失望是怎样的摧残我呵！

这风雨，凄楚的雨，尖刻的风，一直吹到夜深，落到夜深。芝姐虽怕我劳神，不使我多说话，——况且我们不谈则已，谈起来又都是些刺激和兴奋的话，——不过纵然芝姐拿着一本小说，默默的坐在那似鬼焰的灯光下，使得四境都入于催眠的状态中，然而我方寸的灵海里，仍然鼓起惊涛骇浪，我回溯过去的痛苦，悬想未来的可怕的前途，甚至没有前途，我差不多已经是走到天地的尽头了。虽然我也知道地球是圆的，可是我差不多没有勇气了，也没有工具了，那另有新天地的妄想，已如阴云里的电光，悠然消灭了。

我闭着两眼，悄悄的流泪，吞声的饮泣。我最怕使得芝姐不过意，世界上只有她一个怜悯我，我何忍更使她为我担心和悲苦？不久芝姐想是以为我已沉睡了，她轻轻的放下书；悄悄的往我这边看一看，又四面望了望。唉！自然这等于墟墓的鬼境，怎由得她不叹息！她睡在床上的时候，也许也同开着泪泉的闸子，和我一样的弄湿了衾枕！过了约莫半点多钟，微微的"呼鼾"声由芝姐床上发出来，我知道芝姐已经入梦了。我因悄悄的坐了起来，决意的写我对于生命的忏悔。我预料我在这不足留恋的世上，没有多久的时日了，纵使我不死于身病，也当死于心病。并且为我自私起见，也是死了，可把一切的折磨便取消了。

八月十一日

今天早晨芝姐买了许多白莲，插在我床前的小几上的瓷瓶里。一阵阵的清香时时兴奋我的心神，然而也同时引起我的怅惘。人生总有如花般的时期，便如潦倒的我，何尝没有这种值得留恋的回忆，不过我总不如人。——我儿时的岁月，实在过于惨淡了，大约是十五年前罢——我不过七岁，正是依恋于我慈母的肘下。我记得——我深深记得，每天早起，我的慈母总替我梳两个小髻在两鬓的旁边，有时还戴上几朵紫罗兰……但是忽然有一天，我的小髻改成一条辫子，我自然觉得新奇。不过我奇怪我的母亲为什么不替我梳头了，却是张妈替我打辫子，我自然要觉得不高兴的闹脾气了。我正在哭着，忽见我的父亲满面愁容对我说："小乖乖不要吵罢，妈妈正在生病呵！"生病的经验在我幼弱的脑子里，真没有什么特别的了解的能力，不过我同时惧怕父亲的尊严，渐渐止住了哭声。

自从那天起张妈天天替我打辫子，一家人都似乎忙着什么似的。不时的听见张妈告诉我："不要吵，大夫来了，妈妈的病重呢！"忽然在一天夜里，我正睡着了，张妈一把抱起我来，仿佛是在流泪说："可怜小乖，妈妈没了。"我莫名其妙这是为什么，不过她搅了我的睡兴，我便哭起来了。等到走到我妈妈的屋子里，听见爹爹和堂姊姊们都在大哭。我妈妈呢，直挺挺的睡在床上，脸上蒙着一张白纸，从那一天起我永远看不见我的妈了。不久张妈也走了，换了一个王妈，这个人我顶不喜欢她，她常常骂我，有时她也打我。自然啦，我的父亲常不在家，她当然要自作威福！

我妈妈死了一年，我父亲又娶了一个新妈妈来。这个妈妈比给我梳小髻、抱着我不住的抚着吻着的妈妈太两样了。她没有一次抚过我，也没有一次吻着我，她似乎不大注意我。不过只要我一淘气，我的爹爹回来，总是知道的。并且我父亲也似乎和以前两样了。过了一年，我新妈妈养了一个小弟弟，我的父亲时常抱着他，偎着他的小腮儿。于是更没有心肠顾到我了。这时候我虽只是十岁的小女孩，可是我已觉得我的黄金时代过去了。每逢想起爱我抚我的妈妈，我常常独自一个悄悄的流泪，然而我不敢使我的新妈妈看见，因为她常常骂我是"不祥的小生物"！

我觉得家庭对我无情，也许社会还能容我有回旋的余地。于是我努力的在小学校里读书，十四岁，我就进了中学校。可是我的新妈妈往往对于我读书觉得是多余的。有一天她和我爹爹说："田儿已经不小了，也要预备替她定一头亲事。"于是她就提起她的内侄儿——一个纨绔少年，样子也许还漂亮，家里很有几个钱。我父亲也不再加思索的就答应她了。从此我的心灵上更罩上一层愁雾，然而我还希望我不可捉摸的前途，努力的求学，不时看名人的作品。这时节新潮流不知不觉浸入我的脑海，使我不时对于我不同意的婚姻发生愁烦。但是孤苦无告的我，除了悄悄的饮泣，何处容得我泄愤？记得有一天的夜里，我正为了我的前途的危险，埋头痛哭，忽然隔壁的秀姐来找我，——这要算是我唯一的女伴；我们不但是邻居，而且又是同学。……这时她轻轻地掀开我的被角说道:"田姐,你不舒服吗?什么事情伤心?"唉!我这时的心情,仿佛徬徨在沙漠里的孤客,陡然遇见了一个游侣,——我的孤苦,我的悲伤,只有向她痛述了。……她似乎愤愤不平的望着我说:"我想你总要自奋,我今天正是为了关于你不好的消息而来的,你知道你的未婚夫现在已经有三个如夫人了吗?如果你嫁过去,能得到和乐的幸福吗?"唉天呵,……我当时听了这个消息真不知怎样措施,并且我的婚期已经定在下月二十日了。我不禁捉着秀姐的手哀求而惶急的说道:"秀姐,你想我应当怎么办,我便这样屈伏了吗?……我方寸已乱,我除了死还有什么更好抵拒的方法?"秀姐听了这话,不由得也陪我垂泪……最后她俯耳低声的对我说:"三十六计走为上计。"呵!我果然的走了,果然的战胜了这种不自由的婚姻。但是无情的社会,残酷的人类,正是出了火坑又沉溺入水坑了。

如连锁似的思想,整个的将我儿时的遭遇浮现了!上帝!对于这过去的惨伤,使我的心痛增剧。我不禁由沉默而发出呻吟之声。芝姐忙忙放下正替我熬药的罐子,握着我的手道:"肝气痛得利害吗?……"我无力的点了一点头,热泪簌簌的流了下来,滴在她的手上。后来我不禁诅咒道："无代价的生命，越早完结越好，……
芝姐，我立刻死了，还能得你的温情热泪清洗我的罪
孽。恐怕再延长下去，我的前途更加肮脏和可怕，也许
连你的眼泪一并得不到了！一个没有品行的堕落女子，
谁能为她原谅是万恶的环境迫成的呢！呵！我哭，我尽
情的哭，我妄想我忏悔的眼泪，或能洗净我对于旧礼教
的耻辱，甚至于新学理的玷污。"我不知什么时候已哭晕
过去，直到芝姐连声将我唤醒时，我一睁眼，看见有两
个少年站在我的面前。唉！又是一刀子的重伤，我依旧
绞肠椎心的昏过去了。

八月十四日

我自从决意的写，质实的写，——无论是可喜可悔
可悲可怒的，我一律想质实的写，仿佛藉着这一写，可
以使我心头所深茹的辛酸一淹。如果这便是绝笔，我也
就无憾了。但是自从那一天两次昏晕后，我的肝气痛一
直不曾止住，结果身体的苦痛压迫了心头的苦痛。这两
天我不但不能写，且不能想，今天肝气痛稍愈，于是又
努力的继续着写……

我自从一病便在穷困中讨生活，我虽是个有父亲的

女孩子，但"等是有家归未得"也就等于是无处依归的孤儿了。有许多人——可以说是有经验的老成人，劝我将就的嫁，但我是醉心妇女运动的人，我不能为了衣食而牺牲了我的志趣和人格，自然除了一两个极亲信的人，大家不免以我为喜欢胡闹的女子。最使我痛心的，就是我空落落的身心，没有依靠。社会又是这样的黑暗，他们从不肯为一个有志无力的女子原谅一二分。到现在我不觉要后悔，智识误我，理性苦我——不然嫁了——随便的嫁了，安知不比这飘零的身世要差胜一筹？呵！弄到现在志比天高，但是被人的蹂躏，全身坫垢，什么时候可以洗清？唉！我恨我的命运！我更恨无情的人类！

记得当我初到北京的时候，我在某大学里读书。一般如疯狂的青年用尽他们诱惑和轻蔑的手段来坑陷我，而他们一方面又是特别的冠冕堂皇，他们称赞我是奋斗的勇将，是有志气的女子，甚至谀我是女界的明灯。可怜缺少经验的我，惊弓之余的我，得了这意外的称许和慰藉，怎由得不赤裸裸的将心魂贡献于他们之前，充作他们尽量的捉弄品。

何仁、王义最是狡猾而残忍的两个少年。……我整个心摧碎于他们的手里。

唉！无所不知的上帝，——我当然不敢瞒你，并且是不能瞒你，当我逃避家庭专制，而求光明前途的时候，我不但是为我个人谋幸福；并且为同病的女同胞作先锋。当时的气概，是不容瞒无所不知的上帝，我自觉得可以贯云穿霄。然而我被他们同情的诱惑，恐怕也只有上帝知道，那是一个没有经验的女子，必不可免的危险！

记得那时候我也正患着肝气病，可是没有现在这样潦倒落寞。疯狂似的何仁、王义虽是现在他们尽量的显露了狡猾的面目，然而那时候，却是意气充溢。他们说："我们应当尽我们的能力，帮助有志无力的妇女，况且她又正在病中。"自然啦，我现在才觉悟，我那时还充当某报的通信员，每月有三四十块钱的进款，——才能免如今日的凄凉。……不过这已等于贼去关门，现在觉悟已经晚了。

金钱和虚荣本来最足以使得青年倾倒。那时节的蓝田，虽然病了，甚至病了两个月，而无时无刻没有人来问候，有的送食品，有的送鲜花。尤其何仁、王义对我的殷勤，他们两人每夜轮流着服侍我，那时真使我感激和伤心。我想落寞的我，在这不情的人类中，相与周旋，实在容易被人欺侮，难得这两个青年——尤其是何仁——我和他更有一层同病相怜之感——他的身世也是飘零的，他和我一样在冷酷的继母手下讨生活——自然我和他更容易联络了。后来我病好了，他——何仁托芝姐来表示他的诚意，我们不久便在公园里定婚了。这不是很美满的结合吗？——然而现在想来正是春蚕作茧自缚，自取之咎又复谁怨！唉！我这时心痛手颤，我后悔，我有什么法子自禁我的眼泪！……

八月十九日

每逢一番刺激，便数日僵然若死。我的病时好时坏，芝姐虽然屡次劝慰警戒我，——唉，这世界上唯有她肯给我生路，最使我不能忘怀的是那一句："蓝田保重你的健康，还有最后的奋斗。你不应当过于自弃！"这的确是一剂兴奋药，使绝望的我仿佛前途不尽是无望！

昨日天气十分清朗，我的病躯似乎轻减许多。下午芝姐来时，我已经能起来斜倚在藤椅上。芝姐十分欣慰的说："自从你一病，我还不曾到过公园，难得你今天能起来，我们同到公园去疏散疏散，或者有益你的病躯呢。"我难却她的美意，且静极思动，也想出去换一换环境，于是芝姐殷勤替我梳着头。后来我对着镜子洗脸，又不免为了憔悴的病容自惊自悲，由不得流下泪来。芝姐立刻将镜子夺过去，替我拭着泪痕。不久我们就到了柏林恺翠、百鸟婉啭的公园中了。那一天确是好气候，秋风松爽的吹在身上，头脑立时开展了，陡觉四境都含着生意。虽然没有繁花如锦，而树影婆娑，更感到幽趣横生。但是忽然一阵笑语声——刺耳的笑语声又使我的心魂震悸了，果然"不是冤家不聚头"，正是何仁和他的新婚夫人相倚相偎的过来。我仿佛不必等脑中枢的命令，我两脚已不由自主的站起来，我匆匆的走了。芝姐莫名其妙的追上来，自然那种灰败的面色使她失惊，然当她再一回顾时，——何仁已经走得较近，她便一切了然了。她轻轻的叹了一声道："唉，真是何苦来！"我不免咀嚼她所说的这几个字，不觉忏悔这真真是何苦来。

自然啦，何仁的新夫人十分的丰韵，这是天厚于她，我不敢怨她。然而何仁未免欺得我好苦。当我们定婚不久，我就发见他另有所恋。我因对他说："我们的结合，是以彼此人格为担保的，但是我也自知外表上或者与你不合适，不过我们数年相处，我总以你为我的弟弟相待……若果永久继续姊弟的关系也未尝不可……你可推诚对我说。"当时他觉得我有疑惑他的意思，不知他是内愧，还是唯一用的是手段，他竟至哭着对我发誓，自然啦——在现在我觉悟了，无论什么样的傻子在还有求于人的时候，绝不愿意就此放手，而当时我自然被他的眼泪蒙住了。直到他们宣示结婚的头两天他还住在我家里。唉！这是怎样的罪恶……使我一落深渊，终至不克翻身！

本来男子们可以不讲贞操的，同时也可以狡兔三窟式的讲恋爱。这是社会上予他们的特权，他们乐得东食西宿。然而我若不是因爱情同时不能容第三者的信念，我也不至于逃婚——甚至于受旧社会的排斥，——然而自何仁欺弄了我，不谅人的人类有几个有真曲直的，于是我便成了新旧所不容的堕落人了。唉！血肉之躯怎堪屡受摧残，我正是暴雨后的嫩苗，只要小小的暴风，便支持不住，自那天起我的病又增重了！

在我身心交困的情形下，若不是耻为怯弱的人，应当早已自杀了。我有时也怀疑，偌大个世界怎么就没有我翻身的余地。然而现在，实际上除了一个抱有上帝爱同胞心的芝姐外，似乎无人不是在窃窃的私议着我的污点，有几个简直当面给我以难堪！我固然是有堕落的嫌疑；然而人类但凡肯存一分的原谅心，容我稍稍的回旋，我不敢奢心求人的援助，只求人不要过猛烈的破坏，我已是感恩不尽了。唉！有什么可说，我并连此最小限度的要求，也没有人肯轻抬他或她压抑的手使我闯过这一关呵！

九月十日

唉！大限将临了，在这昏愦的十数日中，我不知道人们对我是怎样的批评，——不过我总想倘若我果然从此与世长辞了，也许那时候可以得到些人们对我不需要的同情，然而这已是不需要的呵！我何必管它呢！只是有一件事，使我略可自慰的，就是适才何仁的夫人来看我，她握着我的手说道："姊姊，我和你虽只是两面之交，然而我今天来看你，却抱着极深切的同情。何仁与你交情是我最近才知道是远过于我的，——然而在他和我求婚的时候，并没对我说，终至姊姊颠顿如此！姊姊，我不知将对你说什么，……只有一句话，我知道是足以使你相信的，……唉！姊姊，我们同作了牺牲品了呵！况且我更不如姊姊，男子的心是如此的不可靠！在我们没有结婚以前，他一面欺骗姊姊，同时他也欺骗我，那时我若果知道他与姊姊的关系，我的头可断，必不甘心受他的愚弄，终至作他的牺牲品……现在我觉悟了爱情直是混世的魔王，不知多多少少的男女作了它的牺牲品，所以我今冒昧来见姊姊，一方面求你容我忏悔——因我的孟浪害了姊姊而且自害，一方面忏悔误信不纯正的爱情，作了兽欲的牺牲……"唉，她的心泉之猖流，足洗清我灵魂的污垢。我固然永远的诅咒人类，然而因为她的至诚，我立刻为世界上的妇女原谅，且为她们痛哭。因为不被男子玩视和侮辱的女性，至今还不曾有过。我倘若能战胜病魔，我现在又有了一个新希望，可惜这希望太微弱了。我如果能与全世界女性握手，使妇女们开个新纪元，那么我忏悔以前的，同时我将要奋斗未来的。

呵！死灰虽然已有复燃之望，然而谁肯为我努力吹嘘，使它果然复燃呢！我的心潮澎湃了！我的灵海沸腾了！然而不可知的天命，和不能预料的社会到底如何？谁能真确的告诉我，结果，适才的兴奋等于一朵虚幻的镜花！等于一个泡影的水月哟！……

蓝田的忏悔录至此而止，后面另有一页是芝姐的按语：

　　自从蓝田一病，只有我一个人和她日夜相守。她的愁心悲颜，使我几次为她落泪。当她将她的忏悔录交给我的时候，病象已很危险，不过医生说她的病，可以说大部分是在精神上，不过因精神而影响身体，若果不谋开展心胸，那么希望身体的恢复健康，也不可能。唉！肖圃！作人真是不容易。社会譬如是天罗地网，到处埋着可以倾陷的危机，不幸一旦失足，更百劫不可翻身了！蓝田的末路，我不敢深想，她自己是料定她这病不会好，所以才把这忏悔录交给我，……人类是特别的残酷，恐怕蓝田真是没有病好的希望呢！肖圃！天下不止一个蓝田……我辈都不能不存戒心。唉！黯淡毁灭，正是现在的世界哟！

　　唉！虎吼的山风，更加凄厉，幽寂的深夜，使我毛发皆竦，万感奔集，又要拼将一夜不睡了！为什么世间只有恶消息频频的传来！……

何处是归程

在纷歧的人生路上，沙侣也是一个怯生的旅行者。她现在虽然已是一个妻子和母亲了，但仍不时的徘徊歧路，悄问何处是归程。

这一天她预备请一个远方的归客，天色才朦胧已经辗转不成梦了。她呆呆的望着淡紫色的帐顶，——仿佛在那上边展露着紫罗兰的花影，正是四年前的一个春夜吧，微风暗送茉莉的温馨，眉月斜挂松尖寂静的河堤上。她曾同玲素挽臂并肩，踯躅于嫩绿丛中。不过为了玲素去国，黯然的话别，一切的美景都染上离人眼中的血痕。

第二天的清晨，沙侣拿了一束紫罗兰花，到车站上送玲素。沙侣握着玲素的手说道："素姊珍重吧！……四年后再见，但愿你我都如这含笑的春花，它是希望的象征呵！"那时玲素收了这花，火车已经慢慢的蠕动了，——现在整整已经四年。

沙侣正眷怀着往事，不觉环顾自己的四围。忽看见身旁睡着十个月的孩子——绯红着双颊，垂覆着长而黑的睫毛，娇小而圆润的面孔，不由得轻轻在他额上吻了一下。又轻轻坐了起来，披上一件绒布的夹衣，拉开蚊帐，黄金色的日光已由玻璃窗外射了进来。听听楼下已有轻微的脚步声，心想大约是张妈起来了吧。于是走到扶梯口轻轻喊了一声张妈，一个麻脸而微胖的妇人拿着一把铅壶上来了。沙侣扣着衣钮欠伸着道："今天十点有客来，屋里和客厅的地板都要拖干净些……回头就去买小菜……阿福起来了吗？……叫他吃了早饭就到码头去接三小姐。另外还有一个客人，是和三小姐同轮船来的，……她们九点钟到上海。早点去不要误了事！"张妈放下铅壶，答应着去了。

沙侣走到梳妆台旁，正打算梳头，忽看见镜子里自己的容颜老了许多，和墙上所挂的小照，大不同了。她不免暗惊岁月催人，梳子插在头上，怔怔的出起神来。她不住的想道："这是怎么一回事呢？结婚，生子，作母亲，……一切平淡的收束了，事业志趣都成了生命史上的陈迹……女人，……这原来就是女人的天职。但谁能

死心塌地的相信女人是这么简单的动物呢?……整理家务，扶养孩子，哦！侍候丈夫，这些琐碎的事情真够销磨人了。社会事业——由于个人的意志所发生的活动，只好不提吧。……唉，真惭愧对今天远道的归客！——一别四年的玲素呵！她现在学成归国，正好施展她平生的抱负。她仿佛是光芒闪烁的北辰，可以为黑暗沉沉的夜景放一线的光明，为一切迷路者指引前程。哦，这是怎样的伟大和有意义！唉，我真太怯弱，为什么要结婚？妹妹一向抱独身主义，她的见识要比我高超呢！现在只有看人家奋飞，我已是时代的落伍者。十余年来所求知识，现在只好分付波臣，把一切都深埋海底吧。希望的花，随流光而枯萎，永永成为我灵宫里的一个残影呵！……"

沙侣无论如何排解不开这忧愁的秘结，禁不住悄悄的拭泪。忽听见前屋丈夫的咳嗽声，知道他已醒了，赶忙喊张妈端正面汤，预备点心，自己又跑过去替他拿替换的裤褂。一面又吩咐车夫吃早饭，把车子拉出去预备着。乱了一阵子，才想去洗脸，床上的小乖乖又醒了，连忙放下面巾，抱起小乖，喂奶换尿布，壁上的钟已镗镗的敲了九下。客人就要来了，一切都还不曾预备好，沙侣顾不得了，如走马灯似的忙着。

沙侣走到院子里，采了几枝紫色的丁香插在白瓷瓶里，放在客厅的圆桌上。怅然坐在靠窗的沙发上，静静的等候玲素和她的三妹妹。在这沉寂而温馨的空气里，沙侣复重温她的旧梦，眼睫上不知何时又沾濡上泪液，仿佛晨露浸秋草。

不久门上的电铃，琅琅的响了。张妈呀的一声开了大门，一个年轻漂亮的女子，手里提了一个小皮包，含笑走了进来。沙侣忙上前握住她的手，似喜似怅的说道："你们回来了。玲素呢……""来了！沙侣！你好吗？想不到在这里看见你，听说你已经作了母亲，快让我看看我们的外甥，……"沙侣默默的痴立着。玲素仿佛明白她的隐衷，因握着沙侣的手，恳切的说道："歧路百出的人生长途上，你总算找到归宿，不必想那些不如意的事吧！"沙侣蒸郁的热泪，不能勉强的咽下去了。她哽咽着叹道："玲姊，你何必拿这种不由衷的话安慰我，归宿——我真是不敢深想，譬如坑洼里的水，它永永不动，那也算是有了归宿，但是太无聊而浅薄了。如果我但求如此的归宿，——如此的归宿便是人生的真义；那么世界还有什么缺陷？"

"这是为什么，姊姊。你难道有什么不如意的事吗？"沙侣摇头叹道："妹妹，我那敢妄求如意，世界上也有如意的事吗？只求事实与思想不过分的冲突，已经是万分的幸运了！"沙侣凄楚而深痛的语调，使得大家惘然了。三妹妹似不耐此种死一般的冷寂，站了起来，凭着窗子看院子里的蜜蜂，攒进花心采蜜。玲素依然紧握沙侣的手安慰她道："沙侣不要太拘迹吧，有什么难受的呢？世界上所谓的真理，原不是绝对的。什么伟大和不朽，究竟太片面了，何尝能解决整个的人生？——人生原来不是这样简单的，谁能够面面顾到！……如果天地是一个完整的，那么女娲氏倒不必炼石补天了，你也太想不开。"

"玲姊的话真不错，人生就仿佛是不知归程的旅行者，走到那里算到那里，只要是已经努力的走了，一切都可以卸责了。……姊姊总喜欢钻牛角尖，越钻越仄，……我不怕你笑话，我独身主义的主张，近来有些摇动了。……因为我已觉悟固执是人生滋苦之因，不必拿别人说，只看我们的姑姑吧。"

"姑姑近来怎么样？前些日子听说她患失眠很利害，最近不知好了没有？三妹妹你从故乡来，也听到她的消息吗？"

"姊姊！你自然很仰慕姑姑的努力啰。……人们有的说像她这样才算伟大，但是不幸同时也有人冷笑说她无聊，出风头，姑姑恨起来常常咬着嘴唇道：'龃龉的人类，永远是残酷的呵！'但有谁理会她，隔膜仿佛铁壁铜墙般矗立在人与人的中间。"

玲素听见三妹妹慨然的说着，也不觉有些心烦意乱，但仍勉强保持她深沉的态度，淡淡的说道："我想世上既没有兼全的事，那末随遇而安自多乐趣，又何必矫俗于名？"

沙侣摇头道："玲姊！我相信你更比我明白一切，因此我知道你的话还是为安慰我而发的。……究竟你也是替我咽着眼泪，何妨大家痛快些哭一场呢！……我老实的告诉你吧，女孩子们的心，完全迷惑于理想的花园里。——玫瑰是爱情的象征，月光的洁幕下，恋人并肩的坐在花丛里，一切都超越人间，把两个灵魂搅合成一个，世界尽管和死般的沉寂而他和她是息息相通的，是谐和的。唉，这种的诱惑力之下，谁能相信骨子里的真象呢！……简直完全不是这么一回事。——结婚的结果是把他和她从天上摔到人间，他们是为了家务的管理，和欲性的发泄而娶妻，更痛快点说吧，许多女子也是为

了吃饭享福而嫁丈夫。——但是作着理想的花园的梦的女子，跑到这种的环境之下，……玲姊，这难道不是悲剧吗？……前天芷芬来，她曾问我说："你现在怎么样？看着杂乱如麻的国事，竟没有一些努力的意思吗？"玲姊！你知道芷芬这话，使我如何的受刺激！但是罪过，我当时竟说出些欺人自欺的话。——我现在一切都不想了，抚养大了这个小孩子也就算了。高兴时写点东西，念点书，消遣消遣。我本是个小人物，且早已看淡了一切的虚荣。……芷芬听罢，极不高兴，她用失望的眼光看着我道："你能安于此也好，不过我也有我的思想，……将军上马各自奔前程吧！"她大概看我是个不堪造就的废物，连坐也不坐便走了。当时我觉得很抱歉，并且再扪扪心我何尝真是没有责任心？……呵，玲姊，怯弱的我只有悔恨我为什么要结婚呢？"沙侣说得十分伤心，不住的用罗巾拭泪。

但是三妹妹总不信，不结婚便可以成全一切，她回过头来看着沙侣和玲素说："让我们再谈谈不结婚的姑姑罢：

"玲姊和姊姊，你们脑子里都应有姑姑的印象吧？美丽如春花般的面孔，玲珑而窈窕的身材，正仿佛这漂亮而馥郁的丁香花。可是只有这时候，是丁香的青春期，香色均臻浓艳；不过催人的岁月，和不肯为人驻足的春之女神，转眼走了，一切便都改观。如果到了鹃啼嫣红，莺恋残枝，已是春事阑珊，只落得眷念既往的青春，那又是如何的可悲，如何的冷落？……姑姑近来憔悴得多了，据我的观察，她或者正悔不曾及时的结婚呢！"

沙侣虽听了这话，但不敢深信，微笑道："三妹妹，你不要太把姑姑看弱了。"

三妹妹辩道："你听我讲她一段故事吧：

"今年中秋月夜，我和她同在鼓山住着，这夜恰是满山的好月色，瀑布和涧流，都闪烁着银色的光。晚饭后，我们沿着石路土阶，慢慢奔北山峰，那里如疏星般列着几块光滑的岩石，我们拣了一块三角形的，并肩坐下。忽从微风里悄送来阵阵的暗香，我们藉着月色的皎朗，看见岩石上攀着不少的藤蔓，也有如珊瑚色的圆球，认不出是什么东西。在我们的脚下，凹下去的地方有一道山涧，正潺潺湲湲的流动。我们彼此无言的对坐着，不久忽听见悠扬的歌声，正从对山的礼拜堂里发出来。姑姑很兴奋的站起来说：'美妙极了，此时此地，倘若说就在这时候死了，岂不……？真的到了那一天，

或者有许多人要叹道：可惜，可惜她死得太早了，如果不死，前途成就正未可量呢！……'我听了这话仿佛得了一种暗示，窥见姑姑心头隆起红肿的伤痕。——我因问道：'姑姑，你为什么说这种短气的话，你的前途正远，大家都希望你把成功的消息报告他们呢。……'姑姑抚着我的肩叹道：'三妹，你知道正是为了希望我的人多，我要早死了，只有死才能得最大的同情。……想起两年前在北京为妇女运动奔走，结果只增加我一些惭愧，有些人竟赠了我一个准政客的刻薄名词，后来因为运动宪法修改委员，给我们相当的援助，更不知受了多少嘲笑。末了到底被人造了许多谣言，什么和某人订婚了，最残忍的竟有人说我要给某人作姨太太。并且不止侮辱我一个，他们在酒酣耳热的时候，从他们喷唾沫的口角上，往往流露出轻薄的微笑，跟着，他们必定要求一个结论道：'这些女子都是拿着妇女运动作招牌，借题出风头。'……你想我怎么受？……偏偏我们的同志又不争气，文兰和美真又闹起三角恋爱，一天到晚闹笑话，我不免愤恨终至于灰心。不久政局又发生了大变，国会解散，……我们妇女同盟会也就冰消瓦解。在北京住着真觉无聊，更加着不知趣的某次长整天和我夹缠，使我决心离开北京。……还以为回来以后，再想法团结同志以图再举，谁知道这里的环境更是不堪？唉！……我的前途茫茫，成败不可必，倘若事业终无希望，……到不如早些作个结束。……

"姑姑黯然的站在月光之下，也许是悄悄的垂泪，但我不忍对她逼视。当我在回来的路上，姑姑又对我说：'真的我现在感到各方面都太孤零了。'玲姊，姑姑言外之意便可知了。"沙侣静听着，最后微笑道："那末还是结婚好！"

玲素并不理会她的话，只悄悄的打算盘，怎么办？结婚也不好，不结婚也不好，歧路纷出，到底何处是归程呵？她不觉深深的叹道："好复杂的人生！"

沙侣和三妹妹沉默了，大家各自想着心事，四围如死般的寂静，只有树梢头的黄鹂，正宛啭着，巧弄它的珠喉呢。

雨　夜

　　在那一天将近黄昏的时候，蔚蓝的天空，渐渐幔上一层灰黯色的阴云；树梢头发出弗弗发发的风响。侠影对着着衣镜，整理了鬓发，拿着那把绯红色的小雨伞，到东城某饭店，访问一个新从南方来的朋友。洋车走到半路的时候，已听见雨点打在伞上滴打的声音；仰头看见头顶上，有一块特别浓黑的乌云。车夫知道这雨就要大起来，拼命的飞跑了去，霎那间已经到了。她下车走到第三层楼拐角的地方，已见她的朋友迎了出来，——他是一位少年军官，身上穿着一色深黄哔叽的军衣；腰间束一条两寸来宽的皮带，脚上登一双黑芝麻皮的马靴。见她进来连忙赶上一步，替她拿了伞和小皮包，领她到五十五号的房间里坐下。这时雨果然大起来，打在那铁纱窗上，丁丁铛铛恰如马蹄急骤的奔驰声；并且风势已猛，斜雨由窗外溅在地板上。那位少年军官，这时正站在门口吩咐茶房拿汽水，蓦回头看见地板上已湿了一大片，连忙走过来掩上门窗；屋里的空气即刻沉闷起来。侠影用扇子扇着，没精打采的坐在藤椅上，觉得这屋里的气压，异常沉重，几乎闷得透不出气来，只怔怔的向着藤椅对面那著衣镜出神。正在这个时候茶房已将汽水拿来了。少年军官亲自倒了一杯，递给侠影，然后他自己也倒了一杯。正端到嘴边要喝时，忽从镜子里看见侠影脸色青黄，拿着汽水，瞧着只管皱眉。他连忙放下汽水杯，走来半膝屈着跪在侠影的面前，柔声问道：

"怎么？你觉得不舒服吗？……为什么像是很不高兴……喝点汽水吧！侠姊！"

"没有什么，只觉得闷热，头部好像要爆裂似的。"他听了这话，回头看了看那蚊帐深垂的铺，说道："那么到床上睡一睡好不好？"侠影不加思索的摇头拒绝了。

"那么我替你扇扇吧？"说着接过她手里的扇子，替她慢慢的扇着。

她抬头看见镜子里一双人影，心里不住怦怦乱跳；脸上渐渐泛上红云，悄悄向跪在地下的少年军官瞥了一眼，只见他正目不转睛的注视着她，一对眼瞳里，满含着不可说的秘密。侠影在这霎那间，心灵中似乎感到一种异常的接触，她赶紧掉过头来，避开他那使人羞愧而且可怕的眼光，嗫嚅说道："请你把门开了吧！我实在热得难受。"他悄悄的站了起来，对她微微一笑，似乎说："你叫我开门的意思我已经明白了！"她更觉得跼促不安，只得低了头。他把门开了以后，又走过来坐在她旁边，回身从桌上拿一根香烟，自己抽着了，递给侠影。她摇头拒绝道：

"我不吃烟……"

"吃吃玩玩，什么要紧！"

"要吃，我自己会点，谁要吃你剩下的？"

"哦，那里的话！我怎敢把剩下的给你？……我就是替你点的，这样才足以表示我们是老朋友；应当亲热！"

侠影一声不响，只低着头，假作看折扇上的字，不敢向他看。心里又急又悔，觉得自己真太冒失了，为什么独自一个人到这里来看他？并且她又想起八年前她俩的一段历史来。那时正是学生运动最激烈的时候，她和他都是学生会的职员，常常同在一张办公桌上办公。有时闲暇，也同到公园里兜圈子；在水榭喝茶。后来她每天由会里回学校的时候，常有动人颜色的信封的一封信放在她的书桌上，同学们从那里走过时，必要拿起来看看，打着俏皮的嘲讽语调说道："好漂亮的情书。"

　　但是她每逢拆开看过之后，脸上常露着被欺侮的愤怒，把信撕得粉碎；扔在字纸篓里。并且永没有写过回信。但是来信仍是源源不绝。后来她想了一个方法；把一封封的来信，并不拆开，只藏在屉子里，渐渐已积到十三封了，她就用了一个绝大的信封，把那些原封不动的信，都装在里面，寄回去还他……从此以后她也不到学生会去，他俩的纠纷就这样不解决而解决了。又过了半年，她便和另一个青年结了婚，以后虽然也接到他的信，但是仍然不答覆。最后两年消息隔绝，更觉得往事如梦痕了。

　　在一年的夏天，藤架上满垂着蓝色的长荚，柳树梢的夏蝉，不住声的唱着长调的歌儿时，国民军已经打到这里。一切都生了变化，他也随着环境变成一个漂亮的军官。在一天的上午，侠影正闷坐在绿影满窗的书斋里；忽看仆人拿进一张名片道："有一位军官请见。"她不觉怔了半晌，心想朋友里是没有作军官的。后来接过片子看了，这才想起八年前的一个潦倒青年。当她正在回忆往事的时候，一阵橐橐的靴声，已来到房门前，她起身迎出；只见一个全副武装的青年，手里提着一个皮

包，雄赳赳的站在面前，将右手举在帽边行了一个军礼，那神气像煞很庄严。但她觉得有点滑稽，含笑请他进了客厅，谈了些别后的经过，这才了然他作军官的历史。据说他离开旧京以后曾在南京某军官学校过了三年，后来又作过排长和连长，打过三次胜仗，现在居然是少尉了。侠影听了这一段很有趣味的描述，心里虽然涌起种种奇异的念头，但是真不知道对他谈些什么才对劲。在彼此沉默之后他站起来告辞了。她送他出了客厅时，他便阻止她再送，但是他伸出手来，和侠影握别。侠影事先绝没有想到，这时弄得一只手伸缩都不好，不由得把脸涨得通红，最后糊里糊涂的和他握了一握。怔怔的站着，好久好久似乎才从梦里醒来。

过了两天，少年军官又来看侠影，并且约她那天下午到他住的饭店吃饭。侠影觉得没有拒绝他的理由，而且怕别人看出自己的猜疑，也许不是那么回事，岂不太难为情，因此不容踌躇的就答应他了。

但是现在的情形，真使她窘极了。而又不愿露出慌张胆小的样子，只有拉长面孔，冷然的坐着，以为这样一来，总可以使他不敢再表示什么。他果然叹了一口气，怔怔看着窗外闪动的电流，脸上的神色很难看，不住咬着嘴唇，心里仿佛压了极重的铅块。侠影看了这个样子，又觉得自己太毒辣了，无论如何，相当的交谊总应保持的。于是不免转变了面容，讪讪的说道："请你叫他们早点开饭吧！晚了路上更加难走，你瞧雨越下越大了呢！"

他将椅子挪近了侠影，脸上慢慢浮出红色，嘴唇也没有适才那样惨白。举眼瞧瞧侠影，见她已不是那霜冷冰寒的面孔了，这正是一个进攻的好机会，于是他将手抚着她的肩道："侠姊！……我就叫他们开饭，不过这么大的雨……回去路上一定要着凉！如果生病，叫我多疚心，我想请你今天晚上不回去好不好？"

侠影听了这话，又是暗暗心惊，她真觉得猜不透他的心，难道他还误会对他有什么好感吗？……人真是可怕的自私的虫子，只要满足自己的欲望，再不管别人的难堪。……这屋子里的空气，真紧张，若果不立刻冲出这重围，就许会发生意外的事情。因此站起来含怒道："我不吃饭立刻就走。"说完就奔到床旁去按电铃，叫茶房雇车，谁知慌忙中偏偏按错机钮，倒将屋里的电灯按灭了。黑暗中，那少年军官如狞恶的魔鬼般，将她拦腰搂住，在她颊上一吻。她急得发了昏，一壁挣扎一壁战

栗着威吓道："你再不放手，我就要嚷了。"这句话才把
他从欲海里提了出来，松了手坐在一旁狞笑。她忙将电
灯拧亮，含泪面壁坐着。少年军官红着脸，向她陪礼道：
"实在对不住！……不过我实在爱你；……以后再不敢
了！……我现在就叫他们开饭，回头雇汽车送你回去。"
她听了这话只得勉强忍气吞声的坐着。

　　窗外的风雨，依然没有停止，他们默默的坐着。她
是什么都不愿意说。他呢，是什么话都不敢说。沉默了
许久，他更忍不住，轻轻的叹息道："侠姊！我记得从
前有一次开会的时候，你冒着大雪，到我们学校来，颈
子上围着一个大狐皮，手拿着白羔皮的手笼，衬着一件
黑皱纱皮袍，含着微笑，坐在我们课堂的书桌上；那一
副天真柔和的神气，直到如今还是极显明的印在我的脑
膜上。只要我一闭眼就可以仿佛看到……唉！侠姊！你
那时候对人多么亲切，但是你现在为什么这么冷酷严厉
呢？……可恨我那时候纯粹是个小孩子，不懂得交际，
而且胆子太小，后来我常常后悔，……为什么爱你，而
不敢对你表示，所以才弄到失败。如果那时敢把你拥抱
着一吻，安知你不是我的！……侠姊！难道你就忍心不
使我……"

"别胡说了吧！天下讲恋爱的人，就没有像你这样的讲法。"

"对付女子非如此不可，她们是要人强迫才有趣味的……"

"这到是创论！"侠影冷笑着说，由不得一股不平之气，直冲上来。她觉得一切的男人没有不蔑视女性的，但是面子上还能尊女性如皇后，骨子里是什么？不过玩具罢了。这位少年军官蔑视女性的色彩更浓厚，当面竟敢说这种无礼的话，不觉发恨道："野蛮的东西！……像你这种浅薄的人，也配讲恋爱，可惜了神圣的名辞，被你们糟蹋得可怜！……你要知道，恋爱是双方灵感上的交融，难道是拥抱着一吻，就算成功了吗？亏你还自夸，你很能交际，连女子的心理都不懂。"

"哦！那里的话，女子……女子的心理我算是懂得多啦。她们所喜欢的男人，脸子漂亮还是第二件事，第一要挥金如土，体格强健。不瞒你说，在八年前我虽然失败了，但是现在我确有把握呢！我在上海的时候，不时在爱美社演跳舞和剑术，那些年青的姑娘，对我倾倒得简直要发狂，比那蝴蝶逐着玫瑰花儿，还要迷醉呢，可惜没有机会使你看见。侠姊！你不知道在明亮的灯光

下，我打扮得好像希腊的古骑士，手里握着装金琢玉的宝剑，剑锋的光芒好像秋水，好像晨霜，在万颗星般的灯光之下舞弄，闪出奇异的光彩，那一种壮烈而优美的情态，使得环绕台下的少女和青年深深的迷醉了。她们满面娇红，两眼柔媚的望着我。唉！我真没法描摹那一般滋味呢。等到我下了舞台时，我的衣襟上插满鲜花，许多娇美的姑娘向我微笑，她们都希望能和我作朋友……你想，我能倾倒那些交际场中的名星，我岂是不懂女子心理！只是我却有点捉摸不住你这位女作家的心理罢了。"

侠影听他描述到深酣的时候，心灵深处也有些跃跃荡动，不过太暂时了，不久依然平静无波，并且觉得人类的虚夸，和趋重形式，这位少年军官，又是唯一无二的代表了。他好像丛莽里的有花斑的毒蛇，故意弄出迷人的手段，使人入縠。因此把他适才似乎能动人的一席话，完全毁灭了，一切美的幻影之后都露着卑鄙滑稽的面孔，她接着他的话说道：

"所以你应当明白，人类不是那么简单，也不是都如你所想的那么丑恶，……你绝不能以对待一般女子的花样来对待我……如果如此，你将要错到底了。"

　　"唉！侠姊！请你不要气，我恳切的求你听我可怜——或者你认为愚痴，甚至于认为虚狂——的伸诉，真的！我敢对天发誓，我对于一切的女子，虽然有些不应当，……就是你所说的蔑视。但是我自从认识你以后，的确一直在爱着你，极热烈的爱着你，无论什么时候，也无论在什么地方；我都想着你。可是我也明白，你是不想着我的，对不对？"在他问这一句话的意思，自然满望她的回答是"不对"，或者是"那里的话呢"，不过结果她只"哼！"了一声。他觉得有些失望了，但是仍然鼓着勇气说道：

　　"后来我听见你和人结婚了，我当时就仿佛被人摔在无底深渊里，那里边的冰棱如剑般的刺着我的心。经过了这一次伤心之后，我就到南方过漂流的生活，但是每当月夜或清晨时，我总是想起你来，就想写信给你。但是不知道你的住址，往往写好之后用火烧了，希望你能在梦里看见，但是你绝没有回信来，……咳！侠姊，这次你知道我为什么北来，唯一的使命，就是来看你，来安慰你，使你忘记一切的悲愁，不要常常忆念着已死的他，而苦坏了你的身体。侠姊！我相信你是伟大的，将来必能有一番大事业的……一定可以在历史上留

个痕迹。但是第一不要忘了使你的身体强健……所以
必须放开心肠寻求快乐……至少总得有一个亲切的朋
友。……"

　　侠影不等他说完，就打断他的话头道："算了！算
了！你不必再说下去吧！我老实告诉你，我此生绝不会
和你发生恋爱！"

　　"哦！为什么？……我也是很喜欢艺术的……而且我
也曾努力于艺术……跳舞，图画……我想我们将来很可
共同研究，并且以你的孤零，实在需要一个负责任安慰
你的人呢！"

　　"朋友！我有的是，至少两打！我并不觉需要什么……
请你不必说了吧，何苦呢，谁不晓得你醉翁之意不在
酒呵！"

　　少年军官听了侠影的话，正碰着心病，不觉红了
脸，说道："岂有此理。"

　　"可不是吗……岂有此理，也不知道谁才岂有此理
呢？"侠影冷冷的又补了这么一句。少年军官样子很忸怩
的站起来在屋子里打磨旋，后来他依然又坐在适才那张
椅子上，含着不平的口气说道：

　　"哦！我始终不明白，你为什么不能和我讲恋爱？……

我的身体不强健吗？……我的脸子不漂亮吗？……我的地
位不高吗？我没有艺术的天才吗？……"

"好了好了！请你把这些话对别人说去吧！"侠影露出
不耐烦的神气。他的勇气不由得早馁了下去。本想这一
次北来一定可以得到她热烈的爱，因为这正是一个极好
的机会——女子意志最薄弱，况且又正在失意冷清的时
候呢！他万分想不到现在的情形，是如此的坏法。他细
想自己的资格实在应当得到胜利，谁知道偏偏碰到这么
一个古怪人，心里又是懊恼，又是不平。侠影内心也暗
自惊奇，果然他的像貌能力地位以至一切，都有使一个
女子投降的威力，但是为什么不能冲动她坚垒的心门。
自然她看得太透明了，可是这话，少年军官绝对不能承
认，所以她想不出回答的方法，只有勉强笑道："你瞧，
你简直太可笑了，叫我怎么回答。不过我只能告诉你，
人间的事情是有许多不可思议的呢！"

"唉！我猜着了，侠姊！你原来是一个旧道德的女
子，你的心恰是古井不波呵！"

"哦！那你简直整个误解了。我告诉你，古井不波，
只有是没有源流的死井，它才能不波，一个活活泼泼的
人，生之源流正充塞他的躯壳，又怎能如死人般，漠无

所动呢。而且我又是个受过新教育的女子，从来就没有这种迂腐的传统思想。不过你要知道，一种超物质的灵的认识，是比一切威权厉害呢。换句话说，就是我的直觉认为你的爱我，是我所不愿意领受的，那么无论怎样，你是不能使我动心！……我老实告诉你吧，我现在已有所恋了，所以你就早早打销妄想罢！"侠影说到这里，发出胜利的微笑。好像一个医生，对于他的病人好容易找到对症的药了。但是少年军官似乎不相信有这么一回事；并且觉得这种机会，他应当有优先权，因怀疑着向她笑道：

"真的吗？请你不要故意使我失望。"

"谁骗你？……将来有机会，我还可以介绍你们见面呢。"侠影坐实了这一句之后，又对少年军官笑了一笑，似乎说："这一来你可不用再缠了吧！"

果然他真有些沉不住气了，用手指头在桌子上画圈子，满头的汗珠沿着前额向眼角滚下来。赶忙站起来走到脸盆架旁，用冷水洗了脸，转身坐在桌旁的靠椅上，不时偷眼看着侠影。见她正低着头在那里沉思，那一种静默的态度，和洒脱的丰神，又使他把已经捣碎的希望，重新捏造起来，又鼓着勇气问道：

　　"侠姊！请你告诉我他的姓名，……并且是怎样一个人，而能得你深切的爱恋，他比我好？……什么地方比我好！"侠影不耐烦的瞧了他一眼，冷笑道："喂！难道你不晓得爱情是没条件的——有，也是没条件的条件，就是不能拿具体的条件来定，只不过是灵感的合拍罢了。这个是无法可比的。老实说，这个人在人们看来也许件件不如你，比你差得太多，可是我就能爱他，这不是太神秘吗？但是并不希奇，从来是情人眼里出西施呵。至于姓名，我没有告诉你的必要，你也没有知道的必要，……难道你要和他决斗吗？……"侠影说完不禁笑了。

　　他一身都似瘫软了，觉得侠影真难对付，冷一句热一句，使得他又爱又恨，这个身子仿佛悬了空，摆在那一方面都觉得不安定。终久他还是希望以挚情感动侠影，他似乎已窥出这位心软面刚的女作家的隐衷了。他说道："唉！侠姊！你真对不住我，你应当赔偿我这几年的损失。我实话告诉你，自从爱你之后，简直是先入为主了，以后无论什么人，都不能夺去你在我心头的优胜地位，对什么人都难生深切的爱……所以直到如今我还不曾结婚。"果然是绝妙的辞令。那一个怯弱的少女听了这话，能不立刻投到他的怀里呢。就是侠影心里也觉得有点怅怅的，不知怎么才好，但是她一转念立刻又想起了一段故事，——敏明看见那紫衣女子对各个男子说道："我很爱你，你是我的命，我们是同命鸟，除你以外，我没爱过别人。"而那每个男子也是一样回答道："我对于你的爱情也是如此，你以外不曾爱过别的女人。"这当面撒谎的勾当真真太滑稽了。侠影这么一想，又把他那深挚的情话分析得一文不值，更那里会动念。侠影露着轻鄙的笑说道：

"你真正太会说话了。请问我已经结婚了，你还梦想什么！"

他也觉得自己这话，理由太不充足，脸上很不够瞧的，只得勉强讪讪的说道："不过现在他已死了……让我来代表他罢！他活着的时候，也常常委托我代替他作重要的事情。"

"真是你越说越出奇了……你怎么就料到他要死，一直等着代表呢。你们这些男人，太把女子看得脑筋简单了！算了吧！你今夜是请我来吃饭还是……怎么样？"

她觉得真不耐烦了。起初对于他那诚恳的心情，还能相当的感激，后来觉得他太过火了，简直出了求爱的范围，处处都露着可鄙的背影，好像猛兽的冲动。一切的殷勤热爱都不过想满足他的欲求。侠影觉得又羞又愤撅着嘴坐在墙角的椅子上，那不知趣的风雨依旧大吹大打的摇撼得窗棂不住的震动，而且雷声电光一齐肆威……她想来想去，最后横了心，宁愿因为冒雨害一场大病，也不愿在这里停留一刻。她拿着伞，提起皮包，正预备要走的时候，茶房却开进饭来。少年军官更不放她走，而且她也怕茶房看出破绽来，还猜不定疑些什么呢？为了这些她只得坐下吃饭，少年军官拿了一瓶深红色的葡萄酒，倒了满满一玻璃杯，放在侠影的面前说道：

"侠姊，你喝了这一杯酒，挡挡寒气吧！"侠影的酒量，虽然不大，但是喝了这满满的一杯，还不见得怎么样。不过今夜的情形，实在太紧张了，不能不随处小心在意，只端起来喝了一口便放下了。但是少年军官绝不愿放松这个机会，再三要她喝完这一杯，他说道：

"你若不多喝点酒，你想我怎么放心，让你在雨中淋了回去。"

"我坐着车，车上有篷，那里就淋着了？到是车夫淋得可怜，你应当不放心他呵！"侠影这话自然是有意的捣乱，但是那位少年军官，却装作很郑重的样子说道："我不爱他，爱的是你呵！"这一来可使侠影窘极了，没有办法。赌气一口吞了那杯酒，然后将杯子覆在桌子上，这明是拒绝他再斟第二杯的意思。可是他依然恳求道："再喝一点吧！"并且把他自己吃剩下的酒倒过一半来。她真忍耐不住了，含怒推过杯子道："你这个人未免太不道德了，人家不爱你，为什么只是勉强呵！"

"不！我是负责任的爱你，不能说我不道德。"

"负责任不负责任！就谈不到那些。你强人爱所不爱，就是侵犯他人的自由，还有什么道德？"

他无可奈何，长叹了一声道："又是我的错，对不起，我不敢再勉强你了。请你吃点饭吧！"

她也不理他，用汤泡了半碗饭，胡乱吃罢，就站起来隔着窗子向外望望，雨似乎稍微住了些，看看手表已经九点多钟了，忙催着雇车回去。他再三央求她再坐一刻钟，吃了水果再走，她也没法，只得由他，强捺住火性坐下。这时少年军官，已经两大杯的酒入肚了，脸色是红里透紫，额角的青筋一根根爆了起来，一双涩凝的醉眼，半睁半闭的只向她身上打量，伸着手臂似乎要攫拿什么似的。她见这种近乎狂人的样子，觉得怕起来，要想逃走，又怕更激起他的病疯。这时她仿佛陷身于虎穴龙潭，和那些眼里冒火，嘴里喷雾的猛兽争斗。想到这里，全身起栗，正想趁他眼错不见时，溜了出去。他似乎已看出她的用意了，就离开饭桌，东倒西歪的走到门口，倚着门边站住。侠影一瞧这光景，心想勉力镇静吧，让他看出怯弱的隐衷，危险性更大了。只得反若无其事的坐下，可是那神气就如同耗子避猫似的。后来他走过来，想挨近她。她极力按定乱跳的心，注意防备着，不等他走到跟前，早一溜烟躲了。但是不过两方丈的屋子，究竟不容易躲，幸喜屋子当中，放着一张大八仙桌，她围着桌子转，情形紧张极了。但是想到倘蓦地进来一个生人，还以为他们学小孩子捉迷藏玩呢，真不大雅观呵。她想到这里觉得这真太滑稽了，气极了反倒发狂似的大笑起来，那笑声带着利剑般的锋芒，震得他的酒都醒了大半，没精打采的长叹一声坐下了。

侠影收住笑声，眼角似乎有些湿润。她深深觉得女子的不幸，永远被人侮辱玩弄，心里充满委曲的情感，但是到底不好哭出来。并且在一个蔑视女性的男子面前落泪，更是可羞的，也就表示屈服，她想到这里，勇气陡然增加了。她露出很庄严的面孔，对他说道：

"我实话告诉你，你如果想维持我们的友谊，从此就

得放规矩些；并且请你永远不要对我有所表示。我们除了普通的友谊，绝不会发生其他的关系。你如果不能照我的话作，那么对不起，我们只有绝交了。……我还告诉你，人不一定都是如你所想象的那么浅薄……所以别的女子也许要倾倒于你的足下，以得吻你衫角为荣幸，但不见得天下就没有一个比较深刻的女子，她不愿爱慕一般人所爱慕的！……你明白吧，所以赶快换条路走，不要钻在胡同中自寻苦恼。"

他注视侠影的脸，很坚决的道："哦！不！绝不；侠姊！这些话都不能使我失望，虽然你的朋友很多，但是，我希望你最后还是爱了我，因为我们是童年的朋友，……所以我相信，总有这么一天，……而且我绝对能使你幸福。"

"好吧！你要这么固执成见，我也没方法阻止你。不过这是咎由自取，你不能又说女人的手段毒辣吧！……而且我并不愿意得到如你所说的幸福，……这一点你也没有方法勉强我……我们终是冰炭，没有方法融合的，你放明白点吧！"

"唉！你为什么这样狠心呢，我所看见的女子，真是只有你是例外。你看周女士她是多么柔顺，真是一只依人的小鸟。"

"可不是吗？你早就该明白才是，你要知道爱情是两性人格上的了解，你根本就没把女子看成人，你希望你的爱人是一只依人的小鸟。哼！这是你的哲学，我也不来管你，我只说个比喻你听吧！……你想一条蚕，它吐着丝把自己牢牢的捆住，那正是它自己情愿，如果是一个蜂，你要想用丝将它捆住，它一定要反抗，要逃避的，所以什么事除了自己情愿，别人是勉强不来的，你连这一点都不明白，还要讲恋爱吗！真叫人好笑。好吧！我们的谈判总算是淋漓尽致，就此收束了吧，请你叫茶房雇车去。"

少年军官知道现在不能再挽留她了。可是能再留一分钟也好，低头踌躇片刻，蓦然站起来，规规矩矩向她行了一个军礼，用滑稽的口吻道："可尊敬的女王!"她不禁也笑了。但她立刻了然他巧妙的作用，就沉下脸说道："快叫人雇车去吧，别装模作样的呕人了；无论你怎样搅，我也是立刻非走不可。"

他知道再没有办法了，但是再迟延半分钟也好，他从桌上拿了一个蜜桃，削了皮递给她道："请你再吃了这个桃子，我就叫他们雇车去。"

"咳！你真够会缠的。"他笑了笑去叫茶房喊汽车。茶房出去之后，他又请她吸烟，并且又对她说道：

"我们以后永远作好朋友吧，我一定会对你规规矩矩的，可是请你明天再来这里玩……因为不久我仍要回南边去。"

"谁有那些闲空。你要觉得寂寞，大可以请周女士来陪，她正是一个柔和的女人，依人的小鸟呢……你不是说她也很爱你，在上海时曾经拉拢你吗？"

"哦！那样的女人，我不爱她，专门讲究物质的享受，没有一点牺牲的精神，——只讲究打扮，和怎样讨男人的欢喜，……不瞒你说，无论谁，只要肯花二十块大洋，就可以从她那里满足一切……"

侠影听了这异外的新闻，不免半信半疑，不过周女士她也曾见过，虽是比较虚荣心重些，但也何至于像他说的那样下流，由不得答道："你们男人实在太可恨了，专门侮辱女性，……在你们求爱的时候，用尽诱惑的手段，等到女子依从了，又百般的侮辱她们，有的没的造上一大篇。哼！我总算认识你们了。我告诉你们吧，像你们这种脑筋，这种思想的男人，才真正是恶魔呢，怎么配称作革命的新青年……人类离着光明的途程还是远着呢……"

少年军官听了这话，知道自己失言了，也不免讪讪的正想分辩几句。雇汽车的茶房已经回来了，他说："打电话到三四个汽车行，都说没有车了。"

"那末就叫马车吧！快点……"侠影很焦急的说。

少年军官瞥了她一眼，也只得点头说道："对了！就叫一辆马车吧。"茶房答应着去了。约莫又过了四五分钟，又回来说道："真不巧！马车也没有！……告诉您老实话吧！这么大雨天，又加着是夜里，他们都不愿意出来！"说完笑了笑。侠影不禁脸红了。心想"这茶房真笑得出奇"，正想对少年军官发作两句。忽听少年军官又央求道："侠姊！你不要走吧！我真不能放心！……我叫他们替你另开一间房间吧！"

"不走！……你放心吧！便是今夜天上下着刀子我也得走。真也奇怪，这么大的北京城，连一辆汽车马车都会雇不着，莫不是你的诡计吧……故意叫他们这么说。"

"那绝对没有这一回事……我爱你是真，舍不得让你走也是真……但绝不敢骗你。侠姊！你不用焦急，我雇洋车送你回去。"

"好！我们就下楼去雇吧！我简直不能再等了，"她便同他一齐下楼去。最后，他还是对她说："无论如何，我总希望你有一天爱我！"

"你等着吧！……我相信我绝不会爱你。"

他们来到楼下，站在积满雨水的石阶前，这时雨虽小了，但还不会全住。夜里的凉风，夹着雨点洒在侠影的脸上颇有点凉意。等了许久才雇好车子，她坐在车上，不禁由丹田深处透出一口气来，心身立刻觉得轻松了。心想这一出滑稽的恋爱喜剧，真演得够使人紧张了。

雨丝从车篷外打进来，上半身的衣服全被打湿了。车轮在泥水里，转得特别慢，整整走了一个钟头，才到侠影的家里。少年军官等着侠影下车进去了，他才坐着原来的车子回去。这时候家里的人全睡了。庭院静寂，只有小雨点打在藤叶上，淅淅沥沥的响声，和风吹翠竹哗啦哗啦的声音。她走近房子，换了睡衣，用凉水洗了脸，又吃了两块冰浸的西瓜，心神更觉平静。然后从书架上拿下日记来，在六月三十日的那一页上写了一行道：

"今早无事。午后天雨，直到夜深未止，在这淋雨滂沱的夜里，演了一出滑稽的喜剧……"

灵海潮汐致梅姊

亲爱的梅姊：

我接到你的来信后，对于你的热诚，十分的感激。当时就想抉示我心头的隐衷，详细为你申说。然自从我回到故乡以后，我虽然每天照着明亮的镜子，不曾忘却我自己的形容，不过我确忘记了整个儿我的心的状态。我仿佛是喝多了醇酒，一切都变成模糊。其实这不是什么很奇怪的事，因为你只要知道我的处境，是怎样的情形，和我的心灵怎样被捆扎，那末你便能想像到，纵使你带了十二分活泼的精神来到这里，也要变成阶下的罪囚，一切不能自由了。

我住的地方，正在城里的闹市上。靠东的一条街，那是全城最大的街市，两旁全是店铺，并不看见什么人们的住房。因为这地方的街市狭小，完全赁用人民的住房的门面作店铺，所以你可以想象到这店铺和住家是怎样的毗连。住户们自然有许多不便，他们店铺的伙计和老板，当八点以后闭了店门，便掇三两条板凳，放上一块藤绷子，横七竖八的睡着；倘若你夜里从外头回来的时候，必要从他们挺挺睡着的床边走过，不但是鼾声吓人，那一股炭气和汗臭，直熏得人呕吐。尤其是当你从朋友家里宴会回来以后，那一股强烈的刺激，真容易使得人宿酒上涌呢！

我曾记得有一次，我和玉姊同到青年会看电影，那天的片子是《月宫宝盒》，其中极多幽美的风景，使我麻木的感想，顿受新鲜的刺激，那轻松的快感仿佛置身另一世界。不久，影片映完，我们自然要回到家里，这时候差不多快十二点了。街上店铺大半全闭了门，电灯也都掩息，只有三数盏路灯，如曙后孤星般在那里淡淡的发着亮，可是月姊已明装窥云，遂使世界如笼于万顷清波之下似的，那一种使人悄然意远的美景，不觉与心幕上适才的印象，溶而为一……但是不久已到家门口，吓一阵"鼾呼""鼾呼"的鼾声雷动，同时空气中渗着辣臭刺鼻，全身心被重浊的气压困着出不来气，这才体贴出人间的意味来。至于庭院里呢？为空间经济起见，并不种蓓蕾的玫瑰和喷芬的夜合，只是污浊破烂的洗衣盆，汲水桶，纵横杂陈。从这不堪寓目的街市，走到不可回旋的天井里，只觉手绊脚牵。至于我住的那如斗般的屋子里，虽勉强的把它美化，然终为四境的嘈杂，和孩子们的哭叫声把一切搅乱了。

这确是沉重的压迫，往往激起我无名的愤怒。我不耐烦再开口和人们敷衍，我只咒诅上帝的不善安置，使我走遍了全个儿的城市，找不到生命的休息处。我又怎能抉示我心头的灵潮，于我亲爱的梅姊之前呢！

不久又到了夏天，赤云千里的天空，可怜我不但心灵受割宰，而且身体更郁蒸，我实在支持不住了，因移到鼓岭来住——这是我们故乡三山之一。鼓岭位于鼓山之颠，仿佛宝塔之尖顶，登峰四望，可以极目千里，看得见福州的城市民房栉比，及汹涛骇浪的碧海，还有隐约于紫雾白云中的岩洞迷离，峰峦重叠。我第一天来到这个所在，不禁满心怅惘，仿佛被猎人久围于暗室中的歧路亡羊，一旦被释重睹天日，欣悦自不待说。然而回想到昔日的颠顿艰辛，不禁热泪沾襟！

然而透明的溪水，照见我灵海的潮汐，使它从新认识我自己。我现在诚意的将这潮汐的印影，郑重的托付云雀，传递给我千里外的梅姊和凡关心我的人们，这是何等的幸运。使我诅咒人生之余，不免自惭，甚至忏悔，原来上帝所给予人们的宇宙，正不是人们熙攘奔波的所在。呵！梅姊，我竟是错了哟！

一　鸡声茅店月

当我从崎岖陡险的山径，攀缘而上以后，自是十分疲倦，没有余力更去饱觅山风岚韵；但是和我同来的圃，她却斜披夕阳，笑意沉酣的，来到我的面前说："这里风景真好，我们出去玩玩吧！"我听了这话，不免惹起游兴，早忘了疲倦，因遵着石阶而上，陡见一片平坦的草地，静卧于松影之下。我们一同坐在那柔嫩的碧茵上，觉得凉风拂面，仿佛深秋况味。我们悄悄坐着，谁也不说什么，只是目送云飞，神并霞驰，直到黄昏后，才慢慢的回去。晚饭后，摊开被褥，头才着枕，就沉沉入梦了。这一夜睡得极舒畅。一觉醒来，天才破晓，淡灰色的天衣，还不曾脱却，封岩闭洞的白云，方姗姗移步。天边那一钩残月，容淡光薄，仿佛素女身笼轻绡，悄立于霜晨凌辣中。隔舍几阵鸡声，韵远趣清。推窗四望，微雾轻烟，掩映于山巅林际。房舍错落，因地为势，美景如斯，遂使如重囚的我，遽然被释，久已不波

138

的灵海，顿起潮汐，芸芸人海中的我真只是一个行尸呵！

灵海既拥潮汐，其活泼腾越有如游龙，竟至不可羁勒。这一天黎明，我便起来，伫立在回廊上，不知是何心情，只觉得心绪茫然，不复自主。

记起五年前的一个秋天早晨，——天容淡淡，曙光未到之前，我和仪姊同住在一所临河的客店里，——那时正是我们由学校回家乡的时候。头一天起早，坐轿走了五十里，天已黑了，必须住一夜客店，第二天方能到芜湖乘轿。那一家客店，只有三间屋子，一间堂屋，一间客房，一间是账房，后头还有一个厂厂排着三四张板床，预备客商歇脚的。在这客店住着的女客除了我同仪姊没有第三个人，于是我们两人同住在一间房里，——那是唯一的客房。我一走进去，只见那房子里阴沉沉的，好像从来未见阳光。再一看墙上露着不到一尺阔的小洞，还露着些微的亮光，原来这就是窗户。仪姊皱着眉头说："怎么是这样可怕的所在？你看这四面墙壁上，和屋顶上，都糊着十年前的陈报纸，不知道里面藏着多少的臭虫虮子呢！……"我听了这话由不得全身肌肉紧张，掀开那板床上的破席子看了看，但觉臭气蒸溢不敢再往那上面坐。这时我忽又想到《水浒》上的

黑店来了，我更觉心神不安。这一夜简直不敢睡，怔怔的坐着数更筹。约莫初更刚过，就来了两个查夜的人，我们也不敢正眼看他，只托店主替我们说明来历，并给了他一张学校的名片，他才一声不响的走了。查夜的人走了不久，就听见在我们房顶上，许多人嘻嘻哈哈的大笑。我和仪姊四目对望着，正不知怎么措置，刚好送我们的听差走进来了，问我们吃什么东西。我们心里怀着黑店的恐惧，因对他说一概不吃。仪姊又问他这上面有楼吗，怎么有许多人在上面呵？那听差的说："那里并不是楼，只是高不到三尺堆东西的地方，他们这些人都窝在上边过大烟瘾和赌钱。"我和仪姊听了这话，才把心放下了，然而一夜究竟睡不着。到三更后，那楼上的客人大概都睡了，因为我们曾听见鼾呼的声音，又坐了些时就听见远远的鸡叫，知道天快亮了，因悄悄的开了门到外面一看，到是满庭好月色，茅店外稻田中麦秀迫风，如拥碧波。我同仪姊正在徘徊观赏，渐听见村人赶早集的声音，我们也就整装奔前途了。

灵潮正在奔赴间，不觉这时的月影愈斜，星光更淡，鸡鸣，犬吠，四境应响，东方浓雾渐稀，红晕如少女羞颜的彩霞，已择隙下窥，红而且大的吴日冉冉由山后而升，霎那间霞布千里，山颠云雾，逼炙势而匿迹，蔚蓝满空。唉！如浮云般的人生，其变易还甚于这月露风云呵，梅姊也以为然吗？

二　动人无限愁如织

梅姊！你不是最喜欢苍松吗？在弥漫黄沙的燕京，固然缺少这个，然而我们这里简直遍山都是。这种的树乡里的人都不看重它，往往砍下它的枝干作薪烧，可是我极爱那伏龙夭矫的姿势。恰好在我的屋子前有数十株臂般的大松树，每逢微风穿柯，便听见涛声澎湃，我举目云天，一缕愁痕，直奔胸臆。噫！清翠的涛声呵！然而如今部变成可怕的涛声了。梅姊！你猜它是带来的什么消息？记得去年八月里，正是黄昏时候，我还是住在碧海之滨的小楼上，我们沿着海堤看去，只见斜阳满树，惊风鼓浪，细沫飞溅衣襟，也正是涛声澎湃，然而我那时对于这种如武士般的壮歌，只是深深的崇拜，崇拜它的伟大的雄豪。

我深深记得我们同行海堤共是五人，其间有一个J夫人——梅姊未曾见过，——她的面貌很美丽，尤其她天性的真稚，仿佛出谷的雏莺。她从来不曾见过四无涯

涘的海，这是她第一次看见了海。她极欣悦地对我说："海上的霞光真美丽，真同闪光的柔锦相仿佛，我几时也能乘坐那轮船，到外国邀游一番，便不负此生了。"我微笑道："海行果然有趣。然而最怕遇见风浪……"J夫人道："吓，如果遇见暴风雨，那真是可怕呢。我记得我母亲的一个内侄，有一次从天津到上海，遇到飓风，在海里颠沛了六七天，幸而倚傍着一个小岛，不然便要全船翻覆了！"我们说到海里的风浪，大家都感着心神的紧张。我更似乎受到什么暗示般，心头觉得忐忑不定。我忽想到涵曾对我说："星相者曾断定他二十八岁必死于水……"这自然是可笑的联想，然而实觉得涵明年出洋的计划，最好不要实现……这时涵正与铎谈讲着怎样为他的亡友编辑遗稿，我自不便打断他的话头，对他说我的杞忧……

我们谈着不觉天色已黑下来，并且天上又洒下丝丝的细雨来。我们便沿着海堤回去了。晚饭后我正伏着窗子看海，又听见涛声澎湃，陡的又勾起我的杞忧来。我因对涵说："我希望你明年不要到外国去……"涵怔怔的道："为什么？"我被他一问又觉得我的思想太可笑了，不说罢！然而不能，我嗫嚅着说："你不记得星相者说你二十八岁要小心吗？……"涵听了这话不觉嗤的一声笑道："你真有些神经过敏了，怎么忽然又想起这个来！"我被他讪笑了一阵，也自觉惭沮，便不愿多说，……而不久也就忘记了。

涛声不住的澎湃，然而涵却不曾被它卷入旋涡，但是涵还不到二十八岁，已被病魔拖了去。唉！这不但星相者不曾料到，便是涵自身也未曾梦想到呵！当他在浪拥波掀的碧海之滨，计划为他的亡友整理遗稿，他何尝想到第二年的今日，松涛澎湃中，我正为他整理残篇呢。我一页一页的钞着，由不得心凄目眩。我更拿出他为亡友预备编辑而未曾编辑的残简一叠，更不禁鼻酸泪涕。唉！不可预料的昙花般的生命，正不知道我能否为他整理完全遗著，并且又不知道谁又为我整理遗著呢！梅姊！你看风神勤鼓着双翼，松涛频作繁响，它带来的是什么消息，……正是动人无限愁如织呵！

三　斜阳正在烟柳断肠处

斜阳满山，繁英呈艳。我同圃绕过山径，那山路忽高忽低曲折蜿蜒。山洼处一方稻田，麦浪拥波，翠润悦目。走尽田垄，忽见奇峰壁立，一抹残阳，正反映其上。由这里拨乱草探幽径，转而东折，忽露出一条石阶，随阶而上，其势极险，弯腰曲背，十分吃力，走到顶颠，下望群峰起伏，都映掩于淡阳影里。我同圃坐在悬崖上，默默的各自沉思。

我记得那是一个极轻柔而幽静的夜景，没有银盆似的明月，只是点点的疏星，发着闪烁的微光。那寺里一声声钟鼓荡漾在空气里时，实含着一种庄严玄妙的暗示。那一队活泼的青年旅行者，正在那大殿前一片如镜般的平地上手搀着手，捉迷藏为嬉。我同圃、德三个人悄悄的走出了山门，便听见瀑布潺潺溅溅的声音，我们沿着石路慢慢的散着步，两旁的松香清彻，树影参差。我们唱着极凄凉的歌调，圃有些怅惘了，她微微的叹息道："良辰美景……"底下的话她不愿意更说下去，因换了话头说："这个景致，极像某一张影片上的夜景，真比什么都好，可是我顶恨这种太好的风景恒使我惹起无限莫名的怅惘来。"我仿佛有所悟似的，因道："圃，你猜这是什么原因？……正是因为环境的轻松，内心得有回旋的余地，潜伏心底的灵性的要求自然乘机发动；如果不能因之满足，便要发生一道怅惘的情绪，然而这怅惘的情绪，却是一种美感，恒使我人迟徊不忍舍去。"我们正发着各自的议论,只有德一声不哼的感叹着。圃似乎不在意般的又接着道:"我想无论什么东西,过于着迹,就要失却美感,风景也是如此,只要是自然的便好,那人工堆砌的究竟经不住仔细端相,……甚至于交朋友,也最怕的是腻,因为腻了便觉得丑态毕露。世界上的东西,一面美的一面是丑的,若果能够掩饰住丑的,便都是美的可欣羡的,否则都是些罪恶!"唉!梅姊,圃的一席话,正合了我的心。你总当记得朋友们往往嫌我冷淡,其实这种电流般的交感,不过是霎时的现象,索居深思的时候,一切都觉淡然!我当时极赞同圃的话,但我觉得德这时有些仿佛失望似的。自然啦,她本是一个热情的人,对于朋友,常常牺牲了自己而宛转因人,而且是过分的细心,别人的一举一动,她都以为是对她而发的,或者是有什么深意。她近来待我很好,可是我久已冷淡的心情,虽愿意十分的和她亲热,无如总是落落的。她自然常时感到不痛快,可是我不能出于勉强的敷衍,不但这是对良心不住,而且也不耐烦;然而她现在没精打采的长叹着,我有些难受了。我想上帝太作弄我,既是给我这种冷酷而少信仰的心性,就不该同时又给我这种热情的焚炙。

最使我不易忘怀的，是德将要离开我们的那一天。午饭后，她便忙着收拾行装，我只怔怔的坐着发呆。她凄然的对我说："我每年暑假离开这个学校时，从不曾感到一些留恋的意味，可是这一次就特别了，老早的就心乱如麻说不出那一种'剪不断，理还乱'的滋味……"她说着眼圈不觉红了。我呢？梅姊！若是前五年，我的眼泪早涌出来了，可是现在百劫之余的心灵，仿佛麻木了。我并不是没有同情心，然而我终没有相当的表现，使那对方的人，得到共鸣的安慰，当我送她离开校门的时候，正是斜阳满树，烟云凄迷，我因冷冷的道："德！你看斜阳正在烟柳断肠处。"德听了这话，顿时泪如雨下，可是我已经干枯的泪泉，只有惭愧着，直到德的影子不可再见了，我才悄悄的回来。我想到了这里，不觉叹了一声，圃忽回头对我说："趁着好景未去的时候，我们回去吧！也留些不尽的余兴。"梅姊！这却是至理名言吧！

四　寒灰寂寞凭谁暖，落叶飘扬何处归

梅姊！我这个心终久是空落落的，然而也绝不想使这个心不空落，因为世界上究少可凭托的地方，至于归

宿呢，除出进了"死之宫门"恐怕没有归宿处呵！空落落的心不免到处生怯，明明是康庄大道，然而我从不敢坦然的前进，但是独立于落日参横，灰淡而沉寂的四空中，又不免怅然自问"寒灰寂寞凭谁暖？落叶飘扬何处归？"了。梅姊！可怜以矛刺盾，转战灵田，不至筋疲力倦，奄然物化，尚有何法足以解脱？

有时觉得人们待我也很有情谊，聊以自慰吧！然而多半是必然的关系，含着责任的意味，而且都是搔不着痒处的安慰，甚于有时强我咽所不愿咽的东西。唉！转不如没有这些不自然的牵扯，反落得心身潇洒，到而今束身于桎梏之中，承颜仰色，何其无聊！

但是世界上可靠的人，究竟太少，怯生生的我，总不敢挣脱这个牢笼，放胆前去。我梦想中的乐园，并不是想在绮罗丛里，养尊处优，也不是想在饮宴席上，觥筹交错。我不过求两椽清洁质朴的茅屋，一庭寂寞的花草，容我于明窗净几之下，饮酽茶，茹山果，读秋风落叶之什，抉灵海潮汐，示我亲爱的朋友们。唉！我所望的原来非奢，然而蹉跎至今，依然夙愿莫偿，岁月匆匆，安知不终抱恨长辞。虽然我也知道在这世界上，正有许多醉梦沉酣的人们，膏沐春花秋月般的艳容，傲睨

于一群为他们而颠倒的青年之前，是何等的尊若天神。青年们如疯狂似的俯伏她们的足前，求她们的嫣然一笑时，是何等的沉醉迷离。呵！梅姊！你当然记得从前在梅窟时你我的豪兴，我们曾谈到前途的事业，你说你希望诗神能够假你双翼，使你凌霄而上，采撷些仙果琼葩，赐与久不赏识美味的世人，这又是何等超越之趣，然而现在你却怔立在悲风惨日的新墓之旁，含泪仰视。呵！梅姊！你岂是已经掀开人间的厚幕，看到最后的秘密了吗？若果是的，请你不必深说罢！我并恳求你暂且醉于醇醪，以幻像为真实吧！更不必问到"落叶飘扬何处归"的消息，因为我不能相信在这世界上可以求到所谓凭托与归宿呵！

梅姊！只要我一日活着，我的灵海潮汐将掀腾没有已时，我尤其怕回首到那已经成尘的往事，然而我除了以往事的余味，强为自慰外，我更不知将何物向你诉说！现在的我，未来的我，真仿佛剩余的糟粕，无情的世界诚然厌弃我，然而我也同样的憎厌世界呵！

梅姊！我自然要感激你对我的共鸣，你希望我再到北京，并应许我在凄风苦雨之下伴我痛哭，唉！我们诚然是世界上的怯弱者，终不免死于失望呵！……梅姊！我兴念及此，一管秃笔不堪更续了哟！

秦教授的失败

凝墨般的天容，罩住了大地上的一切，六角结晶的白色雪花，在院子里纷纷飘舞。坐在长方式书桌旁的少年，向他的同伴说："佐之！明天的演讲会怎样？"

佐之——一个细高身材的少年，放下手里的笔，伸了伸腰，拾起烟盘里半截的烟头，吸了两口，慢慢站了起来道："待我看看天色。"他走到窗前，把白纱窗幔掀开，望见天空阴霾四布，西北方的乌云，一朵朵涌上来，因向那少年道："平智！看这天色，恐怕一时是不能晴呢！……你知道明天讲演是什么题目？"

佐之从左边小衣袋里，摸出一张通告来，看了看道："'未来的新中国'，很新鲜的题目呵！"平智含笑接着说："我想无论甚么天气，都要去听听才好。"

"是的！我也这么打算。听说这位教授，从国外归来不久，学问很着实呢！"

"其实怎么样谁能知道呢？……且等听完明天的演讲再说吧！"

雪花直飞落了一夜，早晨又起了西北风。佐之和平智鼓着勇气从温暖的被窝里坐了起来，顿觉得一阵寒气扑到脸上，但时候已经很迟了。他们急忙收拾着，奔讲演的地方去。

会场设在一个大学校的礼堂里。他们进去时，已经看见几个大学生先在那里了。他们靠近火炉坐下，又见许多学生，都呵着冷气，缩着脖颈络续地进来。

"今天是谁讲演？"一个脸上有麻子的大学生，问站在讲坛旁边的速记生道。

"你不知道吗？……就是最热心改革中国腐败家庭的秦元素教授呵！"

他很起劲的回答，并且又接着说："可惜今天天气太坏了，又是风又是雪，听讲的人，一定要减少许多呢！"他说着，一支秃头的铅笔，已被他削得很尖了。他把笔放在速记桌上，很兴奋地坐在那张黄色漆的椅子上，侧转身体，含笑望着从门外进来的听众。

忽然"啪，啪，啪"，壁上的钟接连响了九下，听众嘈杂的哗笑立刻静止了，背后很均齐的脚步声向前来了。听众回转头去，看见大学的校长，陪着一位穿西服的青年，向讲坛这边走，大家便不约而同的鼓起掌来。那秦教授微笑着点了点头，便坐在旁边的椅子上。

一阵鼓掌声，那位大学校长，摸着他下颚的短须，上了讲台向听众介绍了一番；然后秦教授才开始他的演说：

"……未来的新中国，绝不是祖父和父亲的所有品，当然不是他们的责任，老中国的溃烂，从许多祖父父亲的身上发现了：他们要吸鸦片烟，要讨小老婆，要玩视女人，更要得不正当的财帛。……"

"拍！拍！拍！"听众的掌声雷动。秦教授脸上露出悲凉激昂的神色，正预备更痛切的讲下去；忽听后面一片怒詈的声音，隐约道："混帐的畜生，连你老子都有不是了！真正岂有此理！"听众都惊骇的站了起来，"嘘嘘"的声音，和骚搅的鼓掌哗笑声，顿时乱了会场的秩序。

秦教授脸上现着沮丧的颜色，但仍极力镇定着，接着讲下去，而一朵疑云横梗在听众的心里，有的窃窃私议，有的仰头凝想。秦教授勉强敷衍完了，带着很抱歉的神色下了讲坛，听众也都一哄而散。

秦教授回到公寓里，独自背着手，在屋里踱来踱去，觉得肩上的担子，越来越重，或者将有一天，被这重担压死。……但是世界上的事大都如此，也愁不了许多。……他想到这里，便在书架上，拿下几本书，预备明天上课时的参考。他正转身坐下的时候，忽听见门口有人敲门。他高声问道："那一位？请进来吧。"呀的一声门开了，走进两个少年人来。秦教授让他们坐下，细看这两个人面貌很熟，大约总是本校的学生，不过姓名却忘记了。这时坐在上首椅子，高身材的少年，对他同来的那一个少年道："平智，我们可以把我们的问题讲出来，请秦教授的指教吧？"秦教授听如此说，陡然想起那少年是汪平智，因问道："汪君，有什么问题吗？"

"是的！……我们今天听了先生的讲演，使我们感动极深，觉得新中国的产生，真仿佛在荆棘丛中，寻找美丽芳馨的花朵，实在困难得很……谈到中国家庭的腐败真觉得伤心，尤其身受这种苦楚的人。……"

秦教授听到这里，沉默的神情忽然变了，很注意的道："哦！你的家庭也是如此吗？"

汪平智叹了一声，指着坐在他旁边的同伴道："夏佐之君常到舍下，一切情形都很清楚的。我父亲不只抽鸦片烟，而且娶小老婆，包揽地方讼诉的事情，不应得的财帛，不知得多少……记得有一次我正坐在家里发闷，忽见我父亲笑容满面的走了进来——这种笑容，真仿佛是阴霾里的一线阳光，不是轻易看得见的。当时我们都觉得这笑的奇怪；因问他从那里来，他立时板起面孔，很得意的对我们弟兄说道：'你们来！我告诉你们，在外头作事，要得便宜，不能没有技巧……最要紧的是随机应变，像你们那种直肠向人，怎么能不吃亏？我告诉你们现在的世界老实人是没饭吃的。你们看田厅长，能有现在的阔气，不是全凭他善于迎合上司的心意吗？前天他托我替他买了两千元钱的大土，送给他的上司，听说目下就要派他兼办某制造局的总办呢！眼看着步步青云，那一个人不羡慕和奉承他呢！你们若不懂得这些大道理，只好潦倒一生了！……'当时我们听完这些话，虽不敢回答什么，但我心里真是又惭愧，又难受，心想作父亲的如此教训孩子，国家安有健全的国民？我们幸而一向都在学校里，一灵未泯，不然我们的前途还有可说的吗？我几次想起来反抗，但因为他是我的父亲，终隐忍到今日，而今日听了教授的讲演，坚定了我反抗的决心，不过应用何种方法呢？……"

秦教授这时沉沉的默想着，正要回答汪平智的话，

忽然听差拿进一封快信来，便忙着打了图章，拆开信看。汪平智和夏佐之见他有事便辞了出来。秦教授站了起来说："对不住呵！我现在没有工夫答复，请改日再来谈罢！"

他们走后，秦教授看完信，没精打采的坐在躺椅上，约过了五分钟，他将桌上的叫人铃按了两下，一个肥胖圆脸的校役走进来问道："秦先生！您叫吗？"

秦教授因指着桌底下的一个皮包说："你把这书包里的书放在书架上，把我随穿的衣服放在里头，我明天要乘七点钟的早车到天津去。"

正在这个时候，秦教授的朋友张元生来了。一进门看见地下的皮包，便问道："又预备到什么地方去？……我们筹划的改造社，要从速进行才好。我才从振义那里来，他叫我通知你明天下午一点钟在他家里开讨论会，……你能到吗？"

秦教授嗫嚅着道："恐怕明天不能到会，家里有点要紧的事，势不能不回去。……那末请你做个代表吧！……"

"你们家里又发生了什么事吗？为什么这样不高兴呢？"

"没什么事，天下那有大不了的事，好吧！我们还是谈谈会里的事情吧！你已同叔文接头过吗？我想具体的办法，不外定期出杂志和讲演，总是以改换空气为第一步。"

"哦！你今天讲演着来吗？为什么没通知我？"元生陡然这么问着。

"讲过了；因为是临时决定的，所以没来得及通知你，你从什么地方得来的消息；还听见别的话吗？"秦教授这时面色微微有些惨沮似的，只低着头，待元生的答覆。

"这消息是从叔文那里来的，并且他还告诉我，当你讲的中间，后面有一个人发神经病，搅乱了会场的秩序。你很不高兴……那个人到底是什么样子？"

"我不曾看清楚，因为当时听众都站了起来，所以把那个遮住了。"

"世界上只有犯神经病的人，是无法制他呢！"

下午的斜阳余晖，正射在一座楼角上。一个四十多岁的男子，站在窗户前面，追风摇摆的柳梢，正拂在他的肩上。他向天空凝望了些时，便回头对他身旁站着的一个中年妇人道："成儿的婚事，我已替他打算了。他已

到了成家的年龄——况且女家那边也屡次来信催促，还是快点办了吧！……我已写信喊他回来，大约明天上午可以到家……这孩子近来渐渐不服我调度。他在外面什么演说啦，开会啦，闹得十分热闹，说不定将来还要闹到我的头上——现在一般年轻的人，动不动就要闹家庭革命，他又到外国，染了些洋气。"说到这里，不住摇着头叹气。那中年妇人哼了一声道："我看成儿到是好的，只恨你这作父亲的没好模样，就是家庭革命，也算报应呢！"

那个中年男子，立刻沉下脸来，击着桌子怒狠狠的道："我有什么没道理？我晓得你们的心，你们别做梦吧！"

"哼！也不晓得谁做梦呢？你自己作的事情那一件是对得起人的！总算我老子娘没眼睛，把我嫁给你这个骗子。你娶姨娘，就不对了，又把人家好好的女儿骗了来，说你的老婆死了，亏你说得出来。我到你们家，须不曾亏你一丝半毫，我老子娘留给我的房子和银钱，不是我说句狂话，便坐着吃用一辈子也够了。你想尽法子骗了我的去，又娶两三个小老婆。哼！世界上就是你们男人是王，我们作女人的应当永沉地狱，对不对？"这妇人说罢，便放声痛哭了。这男子只是冷笑着，悄悄走到里间屋里去，打开烟灯，呜呜的过他的烟瘾。别人的悲苦，绝不能感动他冷酷利己的心肠呢！

　　秦教授昨夜和元生分别后，整夜转侧，不曾好睡。第二天早晨就乘火车回天津。当他才进家门的时候，看见他的娘两眼红肿，因悄问女佣人道："太太又和谁呕气了？"那女佣人轻轻的道："太太和老爷，昨天晚上吵了一晚上的嘴，太太气得饭都不曾吃，……这会子还在伤心呢！"

　　秦教授听了，不觉一阵心酸，含泪见过他的母亲，便到他父亲的书房去。只见他父亲正伏在桌上，不知写什么呢。见他进来，冷冷的道："你回来了，坐下吧！"秦教授便坐在下边的椅子上。正待开口，忽听见他父亲很沉重的声音道："成儿，作父亲的人煞不容易呢！把你们从小培养到大学校毕业了，又要想着替你们成家。你们不但不知道作父亲的辛苦艰难，动不动就闹什么家庭革命！"说着自己觉得伤心，竟落下泪来。

　　秦教授也不觉叹了一口气道："父亲的恩惠，我们自然感激，但是……"底下的话，似乎很难接下去，只是默

默的望着他的父亲。歇了半晌，他父亲又说道："我这次叫你回来，就是为了你的婚事。我只有几个条件，你若能照办，自然是不成问题，不然我便一概不管，你从此以后也不必见我的面！……你们现在的青年，思想新，主义新，我是看不惯的！"

秦教授一壁听他父亲说，一壁将那条件拿过来看了一遍，沉吟半晌道："有几条都可以照办，只是合居问题，还要商量；现在父亲有两三个家，若是合居，我们到底住在那一边为是，莫非一个月换一个地方吗？"他父亲正要说话，只听他母亲道："成儿，你正经另外住去吧！我们这里已经吵不清了，还要叫你的妻子跟在里头受气。我原是个倒运的了，莫非凡是女人，都要让她受这种龌龊气吗？"

秦教授知道他母亲是和父亲呕气的话，自己不好说什么，但是眼看着这种的骚搅，真觉灰心丧志。想到在外国的时候，有一次和朋友们在莱茵河畔，对着迢迢碧水，是何等的志气雄壮；梦想回国后的努力的成功，又是何等的有望；而今如何？第一次走进家门，便受了不可救治的创痕，现在的溃烂，又日甚一日。唉！一切都失败了呵！

　　秦教授越想越悲凄，拿着那条件只是呆呆出神，忽听他父亲道："怎么样呵！"秦教授因道："除了合居不能以外，还有一条也该商量——"

　　"哼！我早就知道你未必肯听我的话，老实和你说吧！是便是，不是我一概不管，没什么可以商量的。"

　　"父亲不必发怒，如果是可能的，我没有不奉命的，但这实在困难……"

　　"是呵！我早告诉过你，我的主张是一丝没有通融的。是便是，不是我一概不管，别的话不用多说！"

　　"父亲既这么专横，只有任父亲不管了！"

　　"哈！畜生！我怎么专横？我告诉你吧！我早就知道你的存心了。你早不当我是父亲了，居然跑到讲演会里，骂起我来，什么娶小老婆，吸大烟，……畜生！你连'天下无不是底父母'的一句话，都不曾明白，还读什么书呵！你给我滚出去，我养活大了你，连一点功劳都没有！……"

　　秦教授道："父亲有什么话只管说，为什么狠狠的骂人？"

　　"我骂不得你吗？畜生！你立刻给我滚出去！"

　　"我情愿死，也不能忍受这种无理的欺辱了！好好的

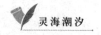

家庭，被你弄得这种样子，中国的衰弱，还不是因为没有好家庭吗？"

"好！好！你居然骂起我来，畜生！我能生你，我也能打死你！"说着直奔秦教授的面前。他的母亲忙拦在中间，含泪道："你息息气罢，闹得多不像样？"

"我没有作错事情，你不能无故骂我打我，……老实说吧！我现在决不能再忍了！我为了一个不体面的家庭，使我在社会上失了信用。当我劝人不要吃大烟的时候，为了你，我不免要心里惭愧。那些人背后的议论，我只装不听见，不过为了你是我的父亲……"

"我不要你这不肖的儿子，你立刻给我离开这里！"

"走就走！这种的家庭，我早就没有留恋，情愿作一个没有家庭的游荡者，不愿在这龌龊的家庭里受罪！"说完，又回头对他娘望了望，提起才提回来的皮包，愤愤的走了。他的母亲跟了他出来，拉着秦教授的手流泪道："成儿，你不必气恼，你父亲固然是没理，但是你这样走了，我怎么放心得下！唉！……你今天既和他闹了这一场，立刻再回来，自然又得呕气，你不如暂且在北京躲躲，但你不要自己苦恼，努力作你自己的事业！……"

　　秦教授看了他母亲凄苦的面容，不觉滴下泪来哽咽道："娘回去罢！自己保重，也不要为我和父亲呕气。等一两个月，我便想法子接你老人家到北京去。……"

　　秦教授提着皮包，在路上慢慢的走着。只见丽日横空，照在红色的洋房上闪闪发光。枯柳干藤虽是一叶不着，而一种迎风独立的劲节，正仿佛他现在的处境。虽然因他父亲不仁不义，使他一切梦想的快乐失败了；而他只有忍耐着，慢慢的忍耐着；仿佛这些枯柳干藤，谨候阳春之来临，它们便可以发荣滋长，以畅其生趣了。……秦教授想到这里，仍怡然自得的回到北京，作他的教授和改造社的事业去了。那溃烂的家庭，他只有消极的放弃了。……